EL REY DEL ESCOCÉS

SCOTCH #1

PENELOPE SKY

ÍNDICE

Hartwick Publishing

El rey del escocés

1

CREWE

Esposado y con un ojo morado, Joseph Ingram estaba sentado en la silla negra, con las manos atadas a la espalda. Tenía el lado izquierdo del labio hinchado como resultado de un poderoso puñetazo, y su traje a medida estaba agujereado gracias a las brasas de un cigarrillo. Lo flanqueaban dos de sus hombres, tan ensangrentados como él.

El castillo Stirling era tan antiguo que mi mente no acababa de comprenderlo. Mis ancestros vivieron en él con toda clase de lujos tras su construcción en el siglo XII y, a pesar de que los tiempos habían cambiado, la estirpe familiar había permanecido intacta. Era el propietario de aquel maravilloso lugar histórico, aunque su único propósito en la actualidad era el de albergar iniciativas empresariales.

Como aquella.

Entré en la sala, vestido con un traje negro y corbata negra a juego. Mis gemelos de plata resplandecieron bajo la luz cuando tomé asiento al otro lado de la mesa, delante de Joseph, un hombre al que despreciaba inmensamente. Cuando se trataba de negocios, la opinión personal que tuviera uno era irrelevante; si la persona pagaba el precio justo, se ganaba el derecho a poseer lo que se estuviera ofreciendo.

Pero aquel hombre había cometido el error de traicionarme.

No podía mirarme a los ojos; temía mi ira. Había sido un idiota al pensar que podría salirse con la suya, y ahora estaba a mi merced. Podía hacer lo que quisiese, y él lo sabía. Podía matarlo y enterrarlo en el cementerio donde mis antiguos ancestros se habían podrido. Podía cortarlo en pedacitos y desperdigar sus trozos por la costa.

Joseph agachó ligeramente la cabeza, como si los músculos de su cuello fueran incapaces de mantenerle erguida la cabeza. Me recordó a un bebé, alguien demasiado débil para cargar su propio peso.

Crucé las piernas bajo la mesa y me desabotoné la chaqueta del traje. Apoyé una mano sobre la rodilla que había cruzado mientras examinaba a mi enemigo, a aquel idiota que tenía demasiado ego como para saber manejarlo. Le había vendido información valiosa por un precio exorbitante: cuatro millones de dólares.

Pero no me había pagado.

Lo que hizo fue entregarme billetes falsos.

Como si no fuese a darme cuenta.

—Me has insultado, Joseph.

En cuanto hablé, se encogió un poco. Pegó el cuerpo a la silla y, por mucho que intentó ocultarlo, sus temblores resultaron evidentes. Lo vi en sus brazos, en el movimiento de sus extremidades.

—Y ya sabes lo que hago con la gente que me insulta.

Se aclaró la garganta; tragó saliva, haciendo que la nuez le subiera y bajara en el cuello su nuez de Adán se movía mientras tragaba.

—Crewe...

—Señor Donoghue. —Dunbar era mi mano derecha; había entregado voluntariamente su libertad para servirme. Le salvé la vida y le di la venganza que merecía y, como resultado, vivía para servirme lealmente.

Joseph se encogió al darse cuenta de su error.

—Señor Donoghue, lo siento.

Reí entre dientes; lo estaba empeorando todavía más.

—No te disculpes. Los hombres como nosotros no pedimos perdón por nuestros errores; nuestra intención es mentir, robar y engañar a nuestras víctimas. Asume tu responsabilidad como un hombre.

Joseph guardó silencio, sabiendo que ya no tenía excusas.

—Te respetaré más si lo haces.

Por fin me miró a los ojos. Aquellos ojos marrones mostraban su debilidad.

—Pagaré el doble de lo que le debo. Ocho millones. Pero déjeme marchar.

—Ahora sí que empezamos a entendernos. —Me ajusté la manga del traje, tan meticuloso como siempre con mi apariencia. Vestía el poder como si fuese un traje nuevo, llenando la ropa como si estuviese hecha para mí. Sobre mi cabeza descansaba una corona invisible, algo que equilibraba en todo momento.

—Puedo conseguirlo en veinticuatro horas —dijo—. En metálico. Sólo tiene que dejarnos ir.

—Es una oferta tentadora. —Ahora que ya habíamos ido al grano, todo era más interesante.

—¿Hay trato? —Movió los brazos para ponerse cómodo; el mordisco del metal que le rodeaba las muñecas debía de ser doloroso.

Miré a sus dos compinches, ambos igual de mediocres. Aunque eran corpulentos y musculosos, no tenían una fuerza real ni agilidad. Sus ojos insinuaban su estupidez; seguían órdenes sin comprender lo que hacían. Así es como habían acabados metidos en aquel lío, porque su jefe era más estúpido todavía.

—El dinero no significa nada para mí, Joseph. Pero la reputación, en cambio, lo es todo.

Bajó la mirada, devastado.

—Subiré a doce millones.

Mis labios formaron una leve sonrisa.

—Tienes que aprender a escuchar cuando te hablan.

Su respiración se aceleró, el pecho le subía y bajaba ante por su inminente destino.

—Tengo una imagen que mantener. Si dejo que te libres así sin más, mis otros socios en los negocios no dudarán en ir contra mí. Y, como es obvio, no puedo permitirlo.

—No me mate... —La voz le temblaba por la desesperación—. Cometí un error. Usted también ha cometido errores.

—Pero esto no ha sido un error. —Mi voz se volvió más grave, y mi ira fue aumentando hasta adoptar un tamaño enorme—. No eres un niño, Joseph; entendías lo que estabas haciendo. Tu único error ha sido creer que podrías salirte con la tuya.

Agachó la cabeza; su respiración se alteró todavía más.

—No aceptaré tu dinero. No obstante, te dejaré marchar.

Levantó la cabeza poco a poco, mirándome a los ojos con un gesto lleno de incredulidad.

Tenía la compensación perfecta por lo que había hecho, algo a lo que no se podía poner precio. No tenía remordimientos por lo que había hecho. Era mi responsabilidad dar ejemplo de mis enemigos, y se me daba muy bien

—Te he robado algo que vale mucho más que el dinero. Te he quitado algo inocente, algo puro. Y nunca lo recuperarás.

Joseph empezó a temblar por una razón completamente distinta.

—Te quitado a tu preciosa hermana, London. Ahora es mía. —Ladeé la cabeza y observé su expresión, a sabiendas de que su reacción no tendría precio—. Se encuentra de camino hacia aquí para convertirse en mi prisionera.

Joseph apretó la mandíbula antes de abrir los ojos como platos. Salió disparado de la silla como un caballo desbocado recién salido del cercado. Se le marcaba una vena en la frente, y tenía la cara roja como un tomate.

—Cabrón hijo de...

Dunbar le dio un puñetazo en el estómago y lo volvió a sentar bruscamente en la silla. Recibió otro en la boca por el insulto que acababa de dirigirme.

—Cuidado con lo que le dices al señor Donoghue. Puede que sean tus últimas palabras. —Se colocó ominosamente tras Joseph, con los brazos cruzados sobre el pecho.

Joseph apretó otra vez la mandíbula, frustrado. Estaba completamente indefenso, sin poder hacer nada, y aquello hizo que su furia cobrase todavía más fuerza. Le habían arrebatado a la única familia que le quedaba en el mundo, y sólo podía quedarse allí sentado y comportarse.

Casi me sentí mal por él. Casi.

—¿Preferirías que te matase?

Por un instante, su ira se desvaneció mientras lo consideraba.

—Sin dudarlo.

Ladeé la cabeza, intrigado por aquella respuesta tan abnegada. Los hombres como nosotros usábamos a los demás como chalecos antibalas, permitiendo que se formase una montaña de víctimas a nuestro alrededor con tal de permanecer intocables, pero Joseph no había dudado en responderme.

—Entonces he tomado la decisión adecuada.

La vena que tenía en la frente volvió a hincharse. Le temblaron los brazos al intentar romper la cadena de las esposas a base de fuerza bruta.

—Ella no tiene nada que ver con esto. Déjela en paz, por favor.

Cuando recibí el informe detallado de London, quedé impresionado. A pesar de su juventud ya era alumna de medicina de la Universidad de Nueva York. Era la mejor de su clase, y se esperaba que llegase lejos. Los chicos habían dicho que era muy guapa, con el pelo castaño y ojos color avellana. Así que contaba con belleza e inteligencia. Era una verdadera pena que fuera a pasar el resto de su vida encadenada.

—Debiste haberlo pensado antes de jugármela, Joseph.

—Me ajusté el reloj, acariciando el suave platino con la yema de los dedos.

—Córteme la mano, ¿vale? —Hablaba tan rápido que escupía con cada palabra—. Pero déjela en paz.

—Lo siento, pero tengo que dar ejemplo de la gente que se propasa conmigo. Cada vez que vean a London encadenada a la pared durante una reunión de negocios, se lo pensarán dos veces. Cuando sean testigos de la crueldad que tendrá que soportar, de los harapos con los que irá vestida, sabrán que no vale la pena intentar engañarme.

Joseph volvió a tirar de las cadenas.

—No puede hacerlo; esto no está bien.

—No, no lo está —dije sin más. Había muchas cosas en la vida que eran así, y sin duda no era justo. Yo también había sufrido en una etapa de mi vida, como todos los demás, pero en lugar de aceptar mi futuro, decidí cambiarlo. A todos se les presentaba esa misma elección, tanto si eran conscientes de ello como si no—. La poseeré cuando se me antoje. Mis hombres la poseerán si se les antoja. Cada noche, mientras duermas en tu cálida cama, sabrás que London estará deseando morir.

Le palideció el rostro al desaparecerle toda la sangre del mismo. No pareció furioso, sino aterrado. Saber que su hermana se enfrentaba a una vida de crueldades por su error debía ser uno de los castigos más dolorosos que podía experimentar un hombre.

—Voy a soltarte, Joseph —continué—. Tu castigo será vivir. Vivir y saber que la vida de tu hermana te ha sido arrebatada por tu propia estupidez. Si intentas salvarla, te mataré. Así de simple. —Chasqueé los dedos, haciendo que Dunbar se pusiera en movimiento.

Les quitó las esposas a los tres, liberándoles los brazos. Joseph se masajeó las muñecas, ya rojas y sangrantes en algunos sitios. Me miró fijamente, con la misma furia que antes, pero ahora estaba mezclada con dolor.

Esperé a que hiciese algo, a que intentara matarme. Guardaba la esperanza de que lo hiciese, porque entonces podría acabar con su vida y seguir abusando de su hermana; todo ganancias. Todos los que componían mi mundo sabrían que lo controlaba todo. Que lo veía todo, aun cuando pretendía no hacerlo.

Al final Joseph se puso en pie y sus compinches hicieron lo mismo. Dunbar y el resto de mis hombres los escoltaron fuera de allí mientras yo permanecía sentado. No me despedí, y no miré tras de mí cuando quedó a mis espaldas. Estaba en una posición vulnerable y completamente expuesto, pero no me importó en absoluto.

No importaba cómo me atacase, nunca lograría tocarme.

2

CREWE

El avión ya estaba en el aire antes de que empezara mi conversación con Joseph. Una vez que aterrizaron en el aeropuerto, cogieron mi helicóptero privado y volaron a las islas Shetland, a la punta norte de Escocia, donde tenía mi residencia. Su clima era subártico; hacía frío todo el año, pero también eran increíblemente preciosas. Había vivido en muchos lugares a lo largo de mi vida, pero el remoto archipiélago tenía una cualidad pintoresca que no había visto en ningún otro sitio.

Con sólo una pequeña población, la influencia escandinava prevalecía en las islas. La vida se movía más lentamente, concentrada en las viejas costumbres escocesas. La mayor parte de los habitantes eran criadores de Shetland, unos pequeños caballos no mucho más grandes que un poni. La hierba siempre estaba verde, y el océano arrastraba aire fresco tierra adentro diariamente. Estaba llena de fauna y flora salvaje, y muy lejos del ruido de la ciudad y del resto del Reino Unido.

Mi hogar había sido construido hacía cientos de años. Había reformado el interior, añadiendo suelos de madera, calefacción centralizada y todos los detalles necesarios para acomodar mis excéntricos gustos. No obstante, mantenía la apariencia de un castillo de las Tierras Altas de Escocia. A veces me parecía más un castillo que un hogar.

Estaba sentado en el salón, bebiendo mi escocés y leyendo un informe de las destilerías donde creaban mi whisky, asegurándome de que la mezcla era la correcta y seguía siendo fiel al sabor que mis ancestros habían creado en el siglo XV.

Ariel entró en la sala, vestida con pantalones vaqueros, tacones altos y un jersey negro y grueso. Llevaba el cabello castaño peinado en un elegante recogido. Aunque su exterior parecía incitar a la suavidad, por dentro Ariel era dura como el acero. Era una mujer implacable, autoritaria y fría; la mejor socia de negocios que podía pedir.

—El helicóptero está aterrizando, Crewe.

Dejé el trabajo sobre la mesita de café, abandonando el suave escocés que me bajaba por la garganta con la cantidad justa de ardor.

—Gracias, Ariel. —Me abroché el frontal del traje y me ajusté el reloj—. Deberíamos ir a darle a nuestra nueva invitada la bienvenida que se merece, ¿no cree? —Sonreí ligeramente, sabiendo que Joseph pagaría por su osadía hasta el día de su muerte.

Salimos por la puerta de atrás y cruzamos la hierba hieracium y gallinera, acercándonos al helicóptero que descendía lentamente sobre el prado llano. La propiedad estaba pegada a la costa, y muy aislada; nunca me había preocupado que los vecinos pudiesen descubrir mis actividades criminales. El único modo de llegar a la parte continental de Escocia era en barco o en helicóptero. El servicio estaba a cargo de conseguir los suministros que necesitábamos a diario.

Ariel caminó a mi lado mientras nos acercábamos al helicóptero. Éste aterrizó en la hierba con gracia antes de apagar el motor, y las hélices siguieron girando mientras el primero se enfriaba. Permanecimos el uno junto al otro y esperamos a nuestra invitada.

Los mechones sueltos de Ariel se agitaron con el viento que generaban las hélices y, lentamente, dejaron de moverse hasta que su cabello volvió a estar perfecto. Se metió las manos en los bolsillos, pareciendo tan aterradora como yo.

Dunbar salió por la puerta de atrás del castillo y se unió a nosotros, cruzando los brazos sobre el musculoso pecho.

Ethan emergió del helicóptero, llevando a una mujer en brazos. Estaba inconsciente y la cabeza le colgaba hacia el suelo. Su largo cabello castaño flotaba en el viento. Vestía con vaqueros oscuros y una simple blusa, obviamente acostumbrada al clima húmedo del verano en Nueva York.

Iba a llevarse una buena sorpresa.

Ethan se acercó hasta mí, acompañado por el resto del equipo. Cargaba con London sin esfuerzo, vestido con una sudadera negra y vaqueros oscuros.

—Estaba un poco irascible. He tenido que sedarla. —Se repartió su peso en los brazos antes de entregársela a Dunbar.

Le eché un vistazo, notando la piel clara de sus mejillas perfectas. Tenía la nariz pequeña, labios carnosos, y unas pestañas que le hubiesen resaltado los ojos de haberlos tenido abiertos. Era de constitución delicada y no tenía aspecto de poder resistirse demasiado.

—Qué inocente... Me recuerda a un cachorrito.

Ethan rió entre dientes.

—Esta mujer no es inocente. Casi consiguió quitarme la pistola, y no me cabe duda de que hubiese apretado el gatillo.

Ahora sí que había despertado mi interés.

—Puede que tenga más en común con Joseph de lo que imaginábamos. —Asentí hacia la casa—. Vamos.

Volvimos dentro y bajamos al sótano. Seguía constituyendo una prisión, con paredes y suelo de cemento. Había un camastro en una esquina, un inodoro y un lavabo, pero nada más. Ni siquiera había ventanas; el sótano quedaba a varios metros bajo tierra. Nunca se encendían más que unas pocas luces a la vez, lo que dejaría a mi prisionera casi a oscuras.

Dunbar la dejó en el camastro y la cubrió con la manta hasta los hombros; se había quedado helada del paseo por el césped. Le apartó el pelo del rostro y la miró bien.

—Estoy impaciente por probarla. Es tan guapa como dijo Ethan. —La dejó allí y cerró la puerta, encerrándola en una celda formada por barrotes de acero. No le ofrecía ninguna privacidad respecto al resto del sótano, pero ahora que ya no era una persona de verdad, no importaba. Era mi castigo por lo que me había hecho Joseph. Recuperaría los cuatro millones de dólares que se me debían.

De hecho, sería London la que los conseguiría.

***

TODO EL MUNDO SALVO MI MAYORDOMO SE MARCHÓ AL acabar el día. Ariel y Dunbar cogieron el helicóptero para volver a la parte continental donde vivían y pasaban su tiempo libre. Yo permanecí en la sala de estar, bebiendo escocés delante de la chimenea y poniéndome el frío cristal contra la nuca; notaba que se aproximaba una migraña.

Disfrutaba de la paz y tranquilidad que la isla ofrecía. A veces parecía que sólo estábamos el mar y yo, con las olas rompiendo contra el acantilado que había al otro lado a la ventana. Me gustaba dejarlas todas para poder oír su sonido; había algo en su consistencia que me calmaba los nervios. Igual que el sol salía y se ponía a diario, las olas se encontraban con la costa, sin verse afectadas por los hombres. El poder absoluto que tenían los elementos sobre la raza humana me fascinaba.

Mentiría si dijera que no ansiaba poseer esa clase de poder.

Thump.

Dejé de respirar al oír aquel ruido.

Thump. Thump.

Me concentré en él para ubicar de dónde provenía. A veces se podía oír al viento aullando en las noches duras, pero no se había pronosticado tormenta. Abandoné mi whisky sobre la mesa y me puse en pie, pensando en cada recoveco donde habría podido encontrar un arma en la casa, fácilmente accesibles desde todas y cada una de las habitaciones.

Thump.

Miré al suelo, dándome cuenta de dónde provenía exactamente el ruido.

El sótano.

Mi invitada estaba despierta.

Bajé las escaleras que daban al sótano, vestido con unos vaqueros y una camiseta ahora que todo el mundo se había marchado ya. Eché una ojeada por la escalera tras abrir la puerta, y la vi. London estaba de pie, equilibrándose sobre una pierna y pateando los barrotes lo más fuerte que podía con la otra, intentando que cedieran. La fuerza de sus golpes era tan mínima que ni siquiera se movieron. Después apuntó a las bisagras de la puerta, pero obtuvo el mismo resultado. Estaba tan absorta en su pobre intento de liberarse que no notó como me acercaba en silencio.

—Sólo conseguirás romperte la rodilla.

Retrocedió al oírme, con la frente perlada de sudor y el cabello hecho un desastre por el esfuerzo. Todavía tenía las manos atadas delante del cuerpo, pero estaba preparada para cualquier cosa.

Me acerqué a la puerta y la miré, notando el modo en que los pantalones le abrazaban las caderas voluptuosas y las piernas esbeltas. El jersey de pico realzaba la estrecha cintura, marcando su figura de reloj de arena. Sin duda era bonita, pero no me hacía sentir nada, y eso que los chicos hablaban de ella como si fuera una reina.

Para mí no era nadie.

—Estas rejas son de acero, por si no te has dado cuenta. Y estamos en una isla en mitad del océano, así que si te rompes algo, tendrás que apañártelas sola. Sólo tengo Paracetamol. —Me coloqué frente a los barrotes y la examiné, con los brazos cruzados sobre el pecho.

No parecía asustada, a pesar de sus graves circunstancias, sólo pensativa, forzando el cerebro de manera frenética para averiguar cuál debía ser su siguiente movimiento. Intentaba encontrar una solución en lugar de ceder ante el pánico.

—Es hora de presentarnos. Me llamo Crewe... y soy tu dueño.

Fue como si acabara de darle una bofetada. Entrecerró los ojos y adoptó una expresión amenazante.

—¿Qué acabas de decir? —Se acercó a los barrotes, sin dudar ni un momento aun a pesar de que al hacerlo también se acercaba a mí. Si metía el brazo entre ellos, podría agarrarla del cuello—. No me importa una mierda quién seas. No eres mi dueño. Nadie es mi dueño. —Se señaló el pecho, enfatizando lo que decía.

Me gustaba su ardor. Poseía mucho más coraje que ese marica que tenía de hermano.

—Cambiarás de parecer... con el tiempo. —Me acerqué más a los barrotes, mirándola mejor. Tenía una boca bonita, ancha y de labios suaves. Tuve el impulso de pasarle el pulgar por el labio inferior, pero no tenía interés en besarla. Sólo quería tocarla, acariciarla.

—Voy a salir de aquí, y cuando lo haga, te arrancaré los ojos de las cuencas y te los meteré por el culo.

La amenaza fue tan inesperada que me reí de verdad.

—Vaya, qué boquita tienes. —Reí desde el fondo del pecho—. Pero me gustan las mujeres con la boca sucia.

No permitió que mi insinuación disuadiera su odio.

—Créeme, no te voy a gustar.

Estaba atrapada en una prisión sin lugar al que huir, pero

aun así, no bajaba la guardia. No quería abandonar su hostilidad ni su orgullo. Podría haber elegido caer de rodillas y estallar en lágrimas, pero siguió de pie, fuerte.

—Creo que ya lo haces.

Creyó, estúpidamente, que no estaba prestando atención a cada uno de sus movimientos; esperó a que tuviera los ojos fijos en los suyos para meter la mano entre los barrotes e intentar agarrarme del cuello.

Lo había estado esperando, así que esquivé a la izquierda y le atrapé la muñeca. Le inmovilicé el brazo, doblándolo hasta el ángulo justo para retorcerle el codo de un modo muy doloroso; con un poco más de presión, podría habérselo roto sin esfuerzo.

London respiró profundamente para soportar el dolor, pero su rostro siguió siendo inexpresivo. Seguía teniendo fuego en los ojos; se negaba a dejarme creer que tenía poder alguno sobre ella.

Mi respeto aumentó todavía más.

—No me toques los huevos, London. —Pegué los labios a su oreja, oyendo su laboriosa respiración—. Porque te prometo que perderás. —Le solté el brazo, permitiéndole conservarlo al menos un día más.

London retrocedió al instante, colocándose donde no pudiera volver a alcanzarla.

—Chica lista.

Dejó colgando el brazo junto al cuerpo, negándose a tocarlo a pesar del dolor que debía estar experimentando.

—Cuánto antes te comportes, mejor será tu vida. Nos encontramos en una isla en medio del mar. No tienes dónde correr o esconderte, salvo que quieras morir saltando por el acantilado.

Me miró con agresividad.

—Ahora mismo no suena tan mal.

Sonreí ligeramente.

—Si te portas bien, podrás visitas el resto de la casa. Pero si prefieres resistirte, te quedarás aquí.

—Jamás me portaré como un perrito obediente, así que parece que me quedaré aquí abajo. —Se acercó al camastro y se sentó en él, apoyándose en la pared y doblando las rodillas contra el pecho mientras me fulminaba con la mirada con un odio puro.

—Hace mucho frío —la avisé.

—Mejor pasar frío que estar cerca de ti.

Al verla por primera vez, bajando inconsciente del helicóptero, me había hecho una idea completamente equívoca del tipo de mujer que sería. Había asumido que sería como todas las demás, débil y quejumbrosa; había asumido que su valentía sería proporcional a la suavidad de sus mejillas. Pero había tomado por sorpresa a alguien como yo, y eso era algo que no resultaba sencillo.

—Por si no te has dado cuenta, aquí abajo no hay ducha.

Su expresión no cambió.

—No se te permitirá usarla hasta que te portes bien.

—La gente acostumbraba a ducharse una vez al año —replicó—. No me pasará nada.

Reí entre dientes, encantándome que tuviese respuesta para todo lo que decía.

—Dale una semana y veremos si cambias de parecer.

Se tapó las piernas con la delgada manta para conservar el calor.

—Si has acabado ya de mofarte, puedes irte.

¿Me estaba dando permiso para retirarme?

—¿No tienes preguntas?

—No.

—¿No quieres saber por qué estás aquí?

—Es evidente.

¿Lo era?

—No me digas.

—No vivo en la luna —dijo con frialdad—. Sé que me han secuestrado para meterme en la trata de blancas, pero no me preocupa; todo problema tiene su solución, y daré con ella.

Dejé de sonreír.

—Esto no es la escuela, London. No existe una solución para cada problema que se presenta; la vida no es tan simple como una ecuación matemática. Soy uno de los mayores criminales de los bajos fondos. Soy uno de esos problemas que no tienen solución. Soy uno de esos problemas que no pueden resolverse. Te encuentras en una situación mucho peor que el que vaya a venderte como esclava, porque ya eres mi esclava.

3

CREWE

Entré en el despacho de Ariel.

—¿Cuál es el orden del día?

Siguió sentada a su mesa, con unas gafas de montura negra descansándole en la nariz. Giró un bolígrafo entre los dedos mientras apretaba los labios.

—Tenemos un nuevo comprador en Irlanda. Quiere un gran cargamento de whisky Highland, y cuando digo grande, me refiero a enorme.

—¿Cómo de enorme? —Me dejé caer en la silla y me desabroché el traje negro.

—Necesitaremos contratar a más personal sólo para supervisar la producción. De todas formas usted ya pensaba en expandirnos; quizás debamos hacerlo ya.

Si un negocio no crecía, es que estaba en riesgo. Así lo veía yo.

—Hagámoslo.

Ariel tomó unas notas.

—De acuerdo. Me ocuparé de todo.

—¿Algo más?

—Sí. Su alteza Wilhelmina celebrará un baile el próximo fin de semana. Está en la lista de invitados, por supuesto.

—Excelente. —Me puse los dedos sobre los labios mientras la escuchaba—. ¿Qué más?

—No tenemos noticias de...

—Señor, siento interrumpir. —Finley entró, ataviado con pantalón y camisa de vestir—. London se niega a comer lo que le preparo. Ya han pasado tres días, pensé que debía informarle.

Intenté no sonreír.

—Yo me ocupo, Finley. Gracias.

—Tampoco ha querido beber nada. —Hizo una breve reverencia antes de marcharse, cerrando la puerta al salir.

Ariel se quitó las gafas y las dejó sobre el escritorio. Sólo era unos años más joven que yo, pero las gafas de lectura le añadían al menos una década.

—Nuestra invitada es un poco revoltosa, por lo que tengo entendido.

—Es interesante... —No había mejor manera de describirlo—. Tiene más agallas que Joseph.

—Como mucha gente —replicó ella.

Reí entre dientes y luego me levanté, abotonando otra vez el traje.

—La tendré bajo control en breve; será entonces cuando empiece realmente la diversión.

Ariel sonrió antes de que me marchase.

—Acabaremos la conversación cuando esté listo, señor.

Recorrí la casa hasta llegar a la entrada del sótano; era una casa de dos pisos, y parecía medir un kilómetro y medio desde una punta a la otra. Descendí las escaleras y encontré a London sentada en el camastro, con montones de comida apilados en el lado contrario de la celda.

Cuando se dio cuenta de que había venido de visita, giró la cabeza a mi dirección, sin perder de vista mis movimientos.

—¿No tienes apetito?

—O puede que tu sirviente no cocine bien.

Era la peor listilla que había conocido en toda mi vida.

—Podría prepararte algo yo mismo; soy buen cocinero.

—No, gracias. Prefiero no envenenarme.

Descansé los codos en los barrotes mientras la examinaba en su celda. Se me escapó una risita, pero fue lo bastante leve como para que sólo yo la oyera.

—¿Qué planeas, London? ¿Morir de inanición?

—Pasar hambre hasta encontrar un modo de salir de aquí.

—¿Y crees que podrás subyugarme tras tres días en ayuno? —pregunté incrédulo. No tenía ninguna oportunidad contra mí, ni siquiera estando fuerte y sana.

Su silencio me dijo que no tenía respuesta, para variar.

—Come.

—No soy estúpida. Seguro que has echado algo en la comida para dejarme inconsciente.

—¿Y para qué iba a hacer eso?

Apartó la mirada.

—No nos vayamos por las ramas.

Entendí su insinuación.

—Encantador. Si quisiese follarte, te inmovilizaría y lo haría sin más, no te dejaría inconsciente primero. No es igual de divertido.

Le desapareció todo el color de la cara.

—Ahora calla y come.

Siguió sin ir a por la comida; seguramente quería esperar a que me marchase de allí.

—¿Sigues sin tener preguntas? —Aún no sabía por qué estaba allí, al otro lado del planeta, lejos de la vida que había conocido. Quería que supiera que su hermano era el responsable de su final y que, si tenía que culpar a alguien, debía ser a él.

—Nop.

Su tozudez me desconcertaba; era peor que la mía.

—Entonces, supongo que no quieres darte una ducha.

—Paso. —Miró a la parte izquierda de la celda, ignorándome como si no estuviese allí.

No había esperado tardar tanto en hacerla cooperar. Había esperado que estuviese medianamente asustada una vez que asimilase la situación, pero aquella mujer era demasiado valiente, demasiado orgullosa como para rendirse al miedo.

Así que tendría que obligarla hacerlo.

RÁPIDO Y SILENCIOSO, ABRÍ LA CERRADURA DE LA puerta y me escabullí en su celda. Las luces estaban apagadas, y ella yacía en el camastro. El ambiente estaba helado. Me incliné sobre ella, preparado para agarrarla del cuello.

Pero debía de haberme oído, porque atacó primero: lanzó la mano hacia arriba y apuntó directamente a los ojos.

Me molestó que estuviese tan en sintonía con lo que la rodeaba. No confiaba en su entorno, ni siquiera por un segundo. Para ser alumna de la facultad de medicina, tenía los reflejos de una asesina.

Pero la dominé fácilmente, sujetándole la mano y el resto del cuerpo. Dejé caer mi peso sobre ella, manteniéndola en el duro camastro e inmovilizándola. La miré fijamente, observando cómo se retorcía y movía debajo de mí, haciendo lo que podía para liberarse.

Nada funcionó.

Se rindió tras comprobar que no me había movido ni un centímetro. Era como si fuese una montaña; no podía moverme sólo con su fuerza de voluntad. Por fin dejó las manos laxas y me miró sin pestañear, con derrota reflejada en la mirada pero sin miedo.

—Suéltame.

La voz me salió convertida en un susurro.

—Oblígame.

El fuego le brilló en los ojos, e intentó tirarme al suelo con un movimiento de cadera.

Pero fue inútil.

Después intentó alejarme de su cuerpo con las piernas, pero tampoco funcionó. Dejó escapar un siseo entre dientes, sudando y con la respiración acelerada rápidamente por el inútil esfuerzo que acababa de hacer.

Era demasiado pequeña y débil como para vencer a alguien como yo.

No obstante, disfruté viéndola luchar.

—No puedes vencerme. Ríndete.

—Nunca dejaré de intentarlo —dijo entre exhalaciones—. Un día de estos tendrás la guardia baja y te golpearé donde más duele.

Le separé los muslos con las rodillas, obligándola a adoptar una postura con una pizca de violencia sexual.

Se quedó inmóvil, tensa; el terror por fin apareció en su rostro. Era la primera vez que mostraba un atisbo de miedo; parecía una reacción que podría utilizar a mi favor. Usaría su cuerpo para hacer que se sintiera sucia.

—No... —Fue la primera súplica, el primer ruego.

El balón estaba de vuelta en mi parte del campo, y sentí un subidón de adrenalina. Acerqué el rostro al de ella, sintiendo su aliento en los labios.

—¿No quieres que te folle? Te gustará, lo prometo.

Me miró fijamente a los ojos. Toda su fuerza y coraje habían desaparecido.

Tenía la ventaja, el poder. Y lo aprovecharía al máximo.

—Si no quieres que lo haga, pídelo por favor.

Sus labios se separaron, pero de entre ellos no escaparos aquellas dos palabras que tanto quería oír. Su duda se originaba en su tozudez, no en que no quisiera decirlo; no le gustaba dejarme ganar, ni cumplir ningún tipo de orden. Sabía que, si lo hacía, me entregaría el poco poder que poseía.

Subí la mano a la parte superior de mis pantalones y los desabotoné.

—Por favor —escupió rápidamente, retorciéndose debajo de mí.

—Por favor, ¿qué?

—No lo hagas, por favor... —No podía pronunciar la palabra con uve, aquella terrorífica palabra que ninguna mujer quería nombrar.

Había ejercido mi dominación, mi control; eso era lo único que quería. Me quité de encima y me puse en pie.

—Te vienes conmigo. Ahora.

—¿A dónde? —Se echó al instante hacia la esquina del camastro, como un animalillo asustado. Pegó las rodillas al pecho e intentó esconderse detrás de éstas.

Me puse en pie y la fulminé con una mirada terrible.

—Levanta el culo. —La agarré del tobillo y tiré hasta que cayó de espaldas en el suelo. A continuación la agarré del pelo y tiré hasta ponerla en pie—. Haz lo que te digo o te obligaré a hacerlo. —La forcé a echar la cabeza hacia atrás y a mirar el techo, y pegué los labios a su oreja—. ¿Alguna pregunta?

—Ninguna.

Le solté el pelo y salí de la celda.

London recobró el aliento y me siguió sin quitarme los ojos de encima.

Cerré la puerta cuando salió y señalé las escaleras.

—Arriba.

Ella subió primero, avanzando hasta llegar a la puerta. Estaba abierta, así que entró.

Le coloqué la mano en la nuca, pero no enterré los dedos en su piel como me habría gustado. La guié al otro lado de la casa, pasando junto al comedor, por debajo de los techos abovedados del vestíbulo y por la primera sala de estar, que contaba con una gran chimenea en la que todavía ardía leña.

La llevé al segundo piso y al dormitorio que pronto empezaría a ocupar. Su gran baño tenía una ducha espaciosa, a la que se accedía por medio de una puerta de cristal. La llevé hasta ella y la solté cuando estuvo delante de la ducha.

—Quítate la ropa. —Ya llevaba cuatro días con ella puesta, y estaba a punto de acabar en la basura, a punto de ser olvidada.

La resistencia regresó a su mirada. Me miró ofendida, incapaz de creer la orden que acababa de darle.

—¿Es que no me has oído? —le pregunté con los dientes apretados, sin querer perder el tiempo con otra discusión.

—Me quitaré la ropa si cierras la puerta.

Negué con la cabeza.

—Esto no funciona así, monada.

—No me llames así —siseó.

—¿Prefieres que te llame esclava?

Levantó la mano e intentó abofetearme.

Estuve a punto de permitírselo, pero por el momento era más importante establecer mi autoridad. La sujeté rápidamente la muñeca y le aparté el brazo a un lado. Luego la abofeteé con tanta fuerza que le dejé la piel enrojecida.

London cogió aire con brusquedad al recibir el golpe. Se quedó con la cabeza ladeada tras la inercia del golpe, sorprendida de que la hubiese pegado de verdad.

La cogí de los hombros y la zarandeé.

—Si no quieres que te abofetee, no intentes hacerlo tú. Si no quieres que te haga daño, haz lo que te digo. Y si no quieres que te folle en esa cama dura de la otra habitación, quítate la ropa y mete el culo en la ducha. —Le apreté los hombros con fuerza antes de soltarla.

Me apoyé en la pared y crucé los brazos sobre el pecho, esperando a que hiciese lo que le había ordenado.

London se apartó el pelo de la cara; la mejilla empezaba a enrojecer. No tenía lágrimas en los ojos, pero por fin parecía derrotada, parecía comprender que obedecer mis designios era mejor que desafiarme.

Rozó el borde de la blusa con los dedos, pero no se la quitó. Intentó pensar en un modo de escapar de aquella situación, pero desgraciadamente no había nada que pudiese hacer; tenía que pagar el precio de la estupidez de su hermano, aunque no fuese justo.

Finalmente se quitó la prenda por la cabeza, revelando un sujetador blanco. Sus pechos formaban la línea del escote entre los dos, y fue entonces cuando mi miembro respondió con interés por primera vez. Me había acostado con una larga lista de mujeres a lo largo de mi vida, y nunca mezclaba los negocios con el placer, pero ver la formación natural de un par de tetas era excitante.

Abrió la puerta de la ducha y abrió el paso del agua, dejando que se calentara mientras se desabotonaba el pantalón y lo bajaba por sus largas piernas. No hizo contacto visual en ningún momento mientras se quedaba en ropa interior, totalmente avergonzada al seguir mis órdenes.

Una vez que quedó en braguitas y sujetador, dudó, sabiendo que iba a ver cada centímetro de su piel desnuda en cuestión de minutos.

La observé con sus braguitas negras, aún excitado a pesar de que no fuese en tanga. Tenía unas piernas largas y esbeltas, de las que darían ganar de besar en tacones. Los músculos de su vientre estaban bien formados, sutiles y sexis, y los brazos eran esbeltos pero definidos por las líneas de músculo. Debía haber ido al gimnasio varias veces a la semana, posiblemente para relajarse tras estudiar a todas horas del día.

Se desabrochó el sujetador pero, antes de quitárselo, se dio la vuelta para que no pudiese verle el pecho directamente.

Estuve a punto de ordenarle que se diese la vuelta.

Dejó el sujetador encima del montón de ropa y fue a quitarse las braguitas. Debía de querer acabar cuanto antes, porque se agachó y se las quitó de golpe antes de meterse en la ducha. Pero no fue lo bastante rápido como para evitar que viera la piel rosada de su entrepierna y la pequeña abertura de su posterior.

Ahora sí que me había puesto duro.

Se metió en la ducha y cerró la puerta, y la calidez del agua la saludó. El pelo se le aplastó contra el cuello al mojarse; cogió una botella de champú y se masajeó el cuero cabelludo, limpiándolo de grasa y suciedad.

Observé como descendía el agua por su delicioso cuerpo, fisgando entre el vapor que empañaban las puertas de cristal. Mi miembro pulsaba más y más fuerte dentro de los pantalones cuanto más la miraba; la excitación me recorrió a una velocidad de vértigo. Tendría que hacer un viaje a Glasgow para ver a una de mis asiduas. Tenían que chupármela en breve.

London se quedó mucho tiempo bajo el agua, mucho más del necesario. Seguramente disfrutaba de la sensación de limpieza; había llevado la misma ropa hasta aquel momento, y la grasa se le había acumulado en la piel y el cabello. Ahora que no tenía el lujo de ducharse era cuando realmente lo apreciaba.

—Ya has estado tiempo suficiente —ordené.

Miró el grifo sin pestañear antes de cerrarlo, acabando su ducha.

Cogí una toalla gruesa y se la entregué, sintiendo como mi erección se apretaba contra la cremallera de los pantalones.

London se tapó de inmediato con ella, escondiendo su desnudez a pesar de que ya había visto todo lo bueno. Se secó y, al acabar, volvió a mirarme con el mismo desagrado.

—Deberías secarte el pelo. Podrías resfriarte. —Señalé el secador de pelo.

Le echó un vistazo antes de mirarme otra vez.

—Me da igual pillar un resfriado.

—Pues a mí no me da igual. No quiero que me lo pegues. —Sonreí, intentando bromear para borrarle la expresión agria de la cara.

Pero pareció enfadarse aún más.

Se secó rápidamente el pelo, usando los dedos para peinar los mechones mientras se sujetaba la toalla alrededor del pecho. Al acabar fue a por su ropa; que ya no se encontraba allí.

—¿Qué has hecho con mi ropa?

—No vas a volver a ponértela. —Cogí el vestido que había sobre la cama—. Esto será lo que uses a partir de ahora. —Era un vestido largo de manga larga y color gris, hecho de algodón grueso. Su tamaño era perfecto para su cintura de avispa, y resaltaba sus curvas en las zonas del pecho, vientre y trasero.

Se arrebujó más en la toalla mientras miraba el vestido, decepcionada.

—¿Y se supone que tengo que ir vestida así en la celda?

—Podrías ir vestida así aquí arriba... si te portases bien.

Me quitó el vestido de las manos y se dirigió al baño otra vez.

—No lo creo, monada. Puedes vestirte delante de mí. —Me senté a los pies de la cama y me eché hacia atrás, apoyando el peso en los codos.

La mirada que me lanzó estaba incluso más llena de odio que antes. Se puso las braguitas por debajo de la toalla y consiguió hacer lo mismo con el sujetador; luego abandonó la toalla y se puso el vestido por la cabeza. Incluso sin maquillaje o con el pelo sin arreglar, le favorecía.

Todavía tenía un problema de actitud, pero al menos me estaba obedeciendo.

—Lo que hagamos ahora es decisión tuya. —Me sentí tentado de ordenarle que me cabalgase, pero no creía que fuese a hacerlo. Me tenía miedo, pero no el suficiente.

—¿A qué te refieres?

—Personalmente, no quiero tenerte en una celda como si fueses una rata. Allí abajo hace un frío que pela, y apenas hay luz.

Se cruzó de brazos sobre el pecho.

—Pero si sigues portándote mal, no me dejarás más opción.

Miró por la ventana del dormitorio, pero no pudo ver mucho; no había luz alguna fuera. Eran las dos de mañana. Faltaban dos horas para el alba.

—¿Qué quieres de mí, si tu intención no es venderme como un trozo de carne?

Por fin había empezado a hacer preguntas.

—Es muy simple: tu hermano intentó timarme en un acuerdo comercial. Intentó robarme cuatro millones de dólares. Con el negocio que dirijo, ese tipo de traiciones no se pueden dejar pasar sí más, así que le arrebaté algo que valoraba: a ti.

London bajó lentamente los brazos a los costados y, por un instante, se olvidó de su situación.

—¿Qué tipo de negocios realizas?

—Vendo información. Y él la compró.

—¿Información de qué? —preguntó—. Mi hermano es un asesor de jubilación. Viaja por el mundo e intenta que la gente invierta en planes de pensiones y cuentas de ahorro.

La única razón por la que no me reí fue porque la chica realmente me daba lástima.

—Lo siento, monada. Te mintió.

Bajó la mirada. Sus ojos se movieron de un lado a otro mientras su mente trabajaba.

—No le hizo nada de gracia cuando le dije cuál sería el precio a pagar, pero así son las cosas.

London volvió al presente y a la conversación.

—¿Y qué vas a hacer conmigo?

—Eso está por verse. Pero puedo asegurarte que te usaré del modo en el que más daño pueda causarle. —Abandoné la cama y me puse de pie, elevándome sobre ella gracias a mi altura—. No es nada personal, London. Sólo eres la víctima del juego en el que participamos.

El odio desapareció de su rostro. Continuó pensando para sí, intentando comprender la locura a la que se había visto lanzada. Era prisionera en una tierra extranjera y carecía de cualquier derecho, pero si sentía miedo alguno, lo escondía en lo más profundo de sí.

—Es personal —susurró—. Cuando me arrebatas la vida, es muy personal.

4

———

LONDON

Pedí que me llevaran otra vez al sótano porque era el único entorno que conocía. Pero cuanto más rato pasaba sentada en la oscuridad, incluso con ropa nueva y el pelo limpio, más paranoica me volvía. Había erigido un frente de valentía durante todo el tiempo que me había sido posible, pero mis fuerzas se agotaban; el hombre que me mantenía allí no se parecía a ningún otro que hubiese conocido.

Era fuerte.

Inteligente.

Poderoso.

La verdad de mi situación se había abierto paso hasta los huesos en el mismo momento en que había colocado el cuerpo sobre el mío. Era un oponente al que no podía derrotar; no podía ni usar mi fuerza ni mi inteligencia contra él. Me encontraba arrinconada como una rata, sin lugar en el que esconderme.

«Ahora mismo sería muy fácil que cundiese el pánico».

«Pero no cederé».

«Voy a mantener la calma y a pensar en cómo salir de esto».

Crewe había amenazado con violarme, pero no lo había hecho. Me había visto desnuda, pero no me había forzado. Era difícil de descifrar, pero aunque que me había concedido una pizca de lenidad, sabía que era extremadamente peligroso.

Había hecho que un equipo entero de personas me secuestrara y me transportara a aquella isla helada. Sabía que nos encontrábamos en algún lugar al norte, fuera del país. Era muy diferente a la humedad continua de Nueva York. Echaba terriblemente de menos el sol y el calor... como nunca antes.

Mi camastro era incómodo, pero la comida era tolerable. Sospechaba que si me la comía cuando me la sirvieran, estaría bastante buena. Tenía un inodoro privado, así que al menos no tenía que ir al baño delante de nadie. Crewe me permitía mantener una módica de dignidad.

Las noticias de Joseph eran aterradoras. Si tenía conexiones con un hombre como Crewe, entonces debía creer que no era realmente un vendedor de planes para jubilación. Estaba realmente metido con malas compañías, con criminales serios, como el hombre que en aquellos momentos me tenía atrapada.

Pero sólo una cosa me mantenía tranquila.

Joseph sabía que Crewe me había capturado.

Puede que no conociera a mi hermano tan bien como creía, pero sabía que me quería con fiereza, y que haría lo que fuese para protegerme. No tenía duda alguna de que estaba planeando algo para sacarme de allí.

Sólo debía tener paciencia.

Quedarme en el sótano haría las cosas más difíciles; tenía que subir a la superficie e investigar el resto de la casa. Si Joseph movía ficha, el que yo estuviese aquí abajo dificultaría mi rescate.

Así que tendría que hacer algo que aborrecía siquiera pensar.

Tendría que obedecer a Crewe.

CREWE EN PERSONA ME TRAJO EL DESAYUNO A LA mañana siguiente en lugar de enviar a su mayordomo, Finley. Vestido con un traje negro medianoche, los hombros anchos le otorgaban un aspecto devastadoramente masculino. No hacía falta verlo sin ropa; era obvio que estaba conformado de músculos esbeltos. Tenía el cabello de un castaño oscuro que casi parecía negro, y la sombra de una barba le decoraba la barbilla, pesar de que probablemente se había afeitado hacía unas horas. Tenía una sonrisa arrogante en los labios carnosos. Deslizó la bandeja de comida por debajo de los barrotes y se irguió por completo; debía medir más de metro ochenta.

Cuando vi a mi captor por primera vez, me sorprendió su apariencia. Esperaba encontrar a un monstruo, un hombre asqueroso de mediana edad que no tenía nada mejor que hacer que secuestrar chicas jóvenes. Esperaba que tuviese sobrepeso y que la carne le colgase flácida, que fuese un desalmado incapaz de conseguir mujeres él solito.

Pero Crewe sin duda podía conseguir mujeres sin ayuda de nadie.

Si lo hubiese visto durante mi caminata matutina a la cafetería en Manhattan, seguramente me habría parado para entablar conversación con él, esperando que las cosas escalasen hasta una cita durante el fin de semana. No tenía problema alguno en ser lanzada con los hombres: mi tiempo era importante, y me gustaba llegar al grano lo más rápido posible. Si no le atraía, no pasaba nada. Ya encontraría a alguien a quien sí.

Crewe estaba delante de la puerta de mi celda, con las manos metidas en los bolsillos de sus pantalones de vestir.

—Buenos días.

Me mordí la lengua para no decir nada; había algo en su aire de arrogancia que me impulsaba a desafiarlo. No tenía nada que ver con que me hubiese secuestrado de mi cama y llevado a la otra punta del mundo. Había algo en él que me ponía alerta de inmediato y me hacía querer ignorar todas sus peticiones por el simple hecho de molestarlo. Era el tipo de hombre que me ponía de los nervios... y no tenía ni idea de por qué.

Me miró atentamente, y yo examiné a mi vez su atractivo rostro, sus facciones talladas y sus bonitos ojos marrones. Eran de color moca, cálidos y refulgentes. Casaban perfectamente con el resto de su persona, dando una pista de su oscuro interior.

—¿No has dormido bien, monada?

Sabía que me llamaba así sólo para molestarme.

—Mi día iba bastante bien hasta que has aparecido.

Rió entre dientes, y los ojos se le iluminaron al mismo tiempo.

—Y yo que pensaba que estaba siendo amable al traerte el desayuno. ¿Debería haber traído flores en su lugar?

—Deberías haber traído dinero en efectivo y un pasaporte.

Sonrió, divertido por mis comentarios de listilla.

—Eres inteligente. Supongo que tiene sentido que seas doctora.

—No soy doctora; si no me hubieses secuestrado, ahora mismo estaría entrenando para serlo.

—¿A qué año estabas en la facultad?

Ignoré la pregunta; no quería charlar.

Crewe metió los brazos entre los barrotes mientras se relajaba, posiblemente desafiándome para que intentase algo. Aprovechaba cualquier oportunidad para ejercer su poder sobre mí. Me tendía trampas para que atacase y así poder aplastarme como a un insecto.

—Si te tranquilizas, te invitaré a subir. Es una casa preciosa: se ha restaurado, pero la historia natural del castillo ha sido preservada. Pareces ser de las que lo apreciaría.

—¿Y por qué crees eso?

—Porque llevas una semana viviendo en una ratonera.

Casi reí por su ingenio.

—Y bien, ¿qué va a ser? ¿Vas a ser buena?

—¿Qué quieres decir con eso exactamente? —Me senté en el camastro y mantuve las rodillas bien juntas para que no pudiese ver nada por debajo del vestido—. Porque nunca seré una compañía agradable.

—Ya somos dos. Sólo quiero que no ataques a Finley ni a Ariel. Son buenas personas.

—¿Quién es Ariel?

Sonrió como si hubiese dicho algo particularmente interesante.

—¿Celosa, monada?

—No, idiota —espeté—. Ya conozco a Finley, pero no he visto nunca a la tal Ariel.

—Es mi socia de negocios.

—Ah. —Se me revolvieron las tripas de furia. Había otra mujer en la casa, una mujer que sabía que estaba encerrada allí abajo. ¿Cómo podía quedarse al margen y no mover un dedo? ¿Cómo podía llamarse a sí misma mujer y no hacer nada? Ni siquiera la había visto y ya la detestaba—. Bueno, no tienes de qué preocuparte. Si le hago algo a alguien, será a ti.

—Vaya... espero que sea de los algos que me gustan. —Guiñó un ojo.

Que hubiese creído, aunque fuese sólo por un instante, que era encantador me irritaba. El tío era un psicópata con un buen sentido del humor. Punto.

—Eso puedo aceptarlo. —Abrió la cerradura y luego la puerta—. Coge la bandeja y desayuna en la mesa del piso de arriba.

Miré fijamente la puerta abierta, incapaz de creer que me estuviese dejando salir de verdad.

—¿De verdad eres tan ingenuo como para creer que no intentaré hacerte daño?

Sonrió de oreja a oreja, como si mis palabras no hubiesen tenido impacto alguno.

—Monada, me gustaría ver cómo lo intentas.

—Deja ya de llamarme así.

—¿Te gustaría más esclava? —inquirió—. Porque también me suena muy bien.

No podría soportar un título así, así que cerré la boca. Monada era mucho mejor.

—Pues monada. —Señaló las escaleras con un ademán de la cabeza—. Las damas primero.

Evité poner los ojos en blanco y subí al siguiente piso. Me acerqué a la mesa, con el plato todavía entre las manos. Tenía huevos revueltos, una rebanada de pan tostado y un trozo de beicon. No era demasiado, pero de todos modos no estaba comiendo mucho, así que era perfecto.

La última vez que me habían sacado de la jaula no me había fijado en casi nada de la primera planta; había estado demasiado ocupada temiendo a Crewe como para pensar en otra cosa que no fuese él. Me había concentrado en lo cerca que estaba de mí, en la forma que tenía de mover las manos mientras caminaba. No le había quitado los ojos de encima ni un segundo, anticipando un golpe a cada momento.

Pero ahora sabía que estaba a salvo... por ahora.

—Por aquí. —Crewe me guió a una cocina enorme. Tenía dos hornos, dos microondas y bastante espacio para preparar la cena de docenas de personas. Había una mesa junto a la gran ventana que ocupaba casi toda la pared—. ¿Quieres café?

Dejé el plato sobre la mesa y miré inmediatamente al exterior, queriendo tener una idea de dónde me encontraba, pero sólo vi piedras que sobresalían del suelo hasta desaparecer junto a un precipicio, y el océano de fondo. Más allá sólo había azul. Azul infinito. Era una vista preciosa, pero me hizo darme cuenta de lo sola que estaba.

No había escapatoria.

Crewe me estudió el rostro, observando cómo cambiaba mi expresión. Sus ojos marrones contrastaban con todo lo que había en la propiedad, empezando por el verde de la hierba y acabando por el azul oscuro del mar.

—No me obligues a preguntártelo dos veces.

Su tono me devolvió a la realidad.

—Sí, por favor.

—Así que tienes modales. —Se acercó a la encimera y sirvió café caliente en una taza—. Empezaba a pensar que no era el caso, con todos esos comentarios de listilla. —Volvió a acercarse y la dejó junto a mi plato—. ¿Crema y azúcar?

—No, gracias —gruñí, contestando automáticamente. Quería ser tan maleducada como fuese posible.

Sonrió.

—Estaré en mi despacho si me necesitas. Disfruta del desayuno, y date un paseo si quieres.

¿Hablaba en serio?

—¿Vas a dejarme salir fuera sin más? ¿Sola?

Retrocedió, con las manos en los bolsillos y haciendo que la camisa se le ajustara a la cintura. Tenía un pecho ancho y claramente poderoso, a juzgar por cómo se erguía. Tenía piernas largas y esbeltas, con la clase de muslos fuertes que se marcaban bien en los pantalones.

—¿Qué vas a hacer? ¿Nadar hasta Escocia?

—¿Estamos en Escocia? —pregunté abruptamente.

—No. —Cambió de postura; seguía con hombros rectos sin importar lo mucho que moviese el cuerpo—. Estamos en las islas Shetland, al norte de Escocia. A unos ciento cincuenta kilómetros. Por lo que, si quieres ir a nado hasta allí, que tengas suerte.

Me quedé sin querer con la boca abierta; el estrés de la situación era una pesada carga sobre mis hombros. Estaba lejos de casa, al otro lado del Atlántico, en una isla remota. No me extrañaba que hiciese tanto frío.

—Estamos en la isla Fair, la más remota del archipiélago. Mi único vecino vive al otro lado de la isla. Es una casa vacacional, así que sólo vienen de visita una vez al año.

—¿Durante las vacaciones? —Si conseguía averiguar dónde se encontraban, podría aporrear a su puerta y exigir que llamasen pidiendo ayuda.

Me miró con frialdad, sabiendo exactamente lo que intentaba hacer.

Me sentí como una idiota por tomarlo por idiota.

—No hay línea de teléfono fijo, usamos sólo teléfonos por satélite. Hay Wi-Fi, pero todos los aparatos electrónicos están sincronizados con mi huella dactilar, así que no te molestes en intentarlo.

—Vaya... se nota que ya has secuestrado a otras personas antes.

No sonrió ante mi comentario.

—Disfruta del día. —Me esquivó, y su olor masculino me envolvió al pasar junto a mí—. Ah, y si haces daño a Finley o a Ariel, te haré lo mismo a ti. Finley es un anciano inocente que simplemente quiere vivir en paz, y Ariel es una mujer no muy distinta a ti. No los toques.

—¿Pero no pasa nada si intento matarte a ti? —Para ser un hombre tan frío, era extraño que sintiese afecto por dos personas con las que no estaba emparentado.

—Esfuérzate al máximo, monada. Disfrutaré castigándote por ello.

ESTABA DE PIE EN EL ACANTILADO, ABRAZÁNDOME EL vientre con fuerza. El viento no era suave para nada, pero cuanto más me acercaba al borde, más fuerza cobraba. El pelo me volaba tras los hombros, y la piel de los brazos se estaba poniendo de gallina.

Noté como Finley salía de la casa y se acercaba, pero lo ignoré; quería que me dejasen sola. Estar aislada del resto de la civilización era completamente aterrador. Estaba atrapada con un loco que me usaba para vengarse de mi hermano. No tenía ni idea de lo que me haría... ni de lo malvado que era realmente.

«Joseph, más te vale estar buscándome».

No sabía qué haría si no venía a buscarme. Aunque matase a alguien, ¿cómo iba a salir después de aquella isla? Crewe tenía un helicóptero, pero yo no podía pilotarlo ni aunque lo intentase, por muy inteligente que fuera. No había ningún bote, o al menos eso me había parecido. Pero Ariel debía marcharse todos los días, a menos que viviese allí. ¿De verdad era su socia de negocios? A lo mejor era su esposa, aunque Crewe no parecía ser de los que se casaban.

—¿Señorita London? —Finley era un hombre mayor con un marcado acento escocés. Tenía el cabello marrón teñido de rojo, y algunas pecas en el rostro. Debía tener unos sesenta y muchos años, a pesar de lo fácil que se movía de acá para allá.

En aquel momento me di cuenta de que Crewe no tenía acento escocés. El suyo era estadounidense, igual que el mío.

Interesante.

—¿Sí? —Me giré hacia él, sintiendo como se me suavizaba el corazón cuando vi la chaqueta gruesa y los binoculares que tenía en las manos.

—Al señor Donoghue le preocupaba que pudiera coger frío. —Me colocó la chaqueta sobre los hombros. Ya que era tres tallas demasiado grande y que Finley era un hombre menudo, asumí que pertenecía al mismo Crewe—. Y me ha pedido que le entregue esto. —Me entregó los binoculares—. Si mira hacia las rocas, podrá ver a los pingüinos y a las focas. Hay vida salvaje por todas partes.

—Oh... —Sujeté los pesados binoculares y asentí—. Gracias.

Él asintió a su vez y regresó a la casa.

No importaba lo adorable y encantador que fuera Finley; no podía dejar que el dulce anciano me cautivase sólo porque me había dado una chaqueta y unos binoculares. Mi meta era salir de aquella isla y regresar a mi vida. Mi lugar estaba en la húmeda y calurosa ciudad de Nueva York; en aquellos momentos debería estar haciendo rondas en el hospital. Ya debía de haberme perdido varias rotaciones y clases. Con suerte, la universidad sería comprensiva ante aquellas circunstancias tan extremas.

Pasé las siguientes horas paseando por la isla, apreciando las hermosas flores y la hierba única. A pesar de las circunstancias, no podía negar que el lugar era precioso. Era muy rico en cuanto a vida botánica se refería.

Encontré un buen lugar a lo largo del acantilado y observé como las focas nadaban en busca de peces. Algunas se encaramaron a las rocas para tomar el sol, dejando que su piel gomosa se calentase a pesar del viento frío. Los binoculares me resultaron de lo más útiles, y me sorprendí riendo cuando algunas de las focas se quedaron dormidas y rodaron por accidente, cayendo de las piedras al agua.

—Son graciosas, ¿verdad? —Crewe estaba vestido con pantalones vaqueros y una camisa de manga larga. Se sentó en una roca a mi lado y miró al agua.

Me puse tensa en cuanto se colocó junto a mí. Había tenido un día tranquilo hasta que su presencia lo había echado a perder. Debía ignorar los detalles dulces que tenía; era una mala persona por dentro, sin importar lo bonito que fuese el exterior. No importaba lo atractivo que fuese: si tenía oportunidad de matarlo, lo haría.

—Son entretenidas.

—Las otras islas tienen ponis Shetland; a las islas se las conoce por ellos.

—¿Por qué?

—Porque hay muchos criadores.

Dejé los binoculares sobre la hierba que nos separaba, por si quería usarlos.

—Hay un dormitorio en el piso de arriba, si quieres dormir en él.

No quería volver a esa jaula bajo tierra, donde no había luz ni aire fresco. Estaba helada, y el camastro no era mejor que dormir directamente tirada en el cemento. A pesar de estar fuera y de que hiciese frío, la chaqueta que tenía encima era lo que más calor me había proporcionado desde que había llegado a aquel sitio.

—Supongo.

Crewe miró hacia la distancia, observando fijamente el océano azul que se extendía sin fin.

—No tienes acento escocés. —No era una pregunta, pero no sabía cómo hacerle preguntas. Éramos enemigos, después de todo.

—Sí que lo tengo. —Cambió su acento a uno escocés con fluidez pronunciando cada sílaba con tal perfección que parecía haber nacido hablando así—. También tengo acento inglés. —Volvió a cambiarlo, hablando como un muchacho de Londres.

—¿Por qué tienes acento estadounidense?

—Porque eres estadounidense. Creí que te haría sentir más cómoda.

—¿Desde cuándo te importa mi comodidad? —espeté—. ¿Y por qué tienes tantos acentos?

Ignoró mis comentarios desagradables.

—Trabajo con gente diferente en lugares diferentes. Los acentos son importantes: permiten una mejor aceptación en culturas distintas.

—¿Qué es lo que haces cuando no secuestras personas? —inquirí, de forma parcialmente sarcástica.

—Tengo muchos oficios. Eso es todo lo que necesitas saber.

—Qué conversación tan extensa —dije con amargura.

Se levantó y me tendió la mano.

—La cena está lista. He venido a buscarte.

Le miré la mano y aparté la vista, negándome a tocar a mi enemigo. Puede que ahora fuera simpático, pero hacía tan sólo una noche me había amenazado con violarme si no me desvestía y me duchaba frente a él. Me puse de pie yo sola y recogí los binoculares.

A Crewe no pareció importarle mi rechazo.

—¿Has tenido un buen día? —Caminó junto a mí de vuelta a la casa, metiendo las manos en los bolsillos.

—Tan bueno como ha sido posible, supongo.

Pasamos el resto del trayecto en silencio y entramos en la casa. Finley había servido la cena en la mesa del comedor, una sala separada en la que podían cenar tranquilamente cincuenta comensales. Era una mesa larga, y parecía tener algo que ver con la antigua realeza. Le eché un vistazo a la vieja madera antes de sentarme, sintiéndome incómoda cenando con mi secuestrador.

Había unas cuantas velas encendidas, y ya teníamos los platos delante. Nuestra cena consistía en pescado recién pescado y verduras de hoja verde.

No comí casi nada de lo asqueada que me sentía por tener que comer con Crewe.

Él comió sin hacer ruido, al parecer sin prestarme atención alguna.

—¿Ariel es tu esposa? —Cogí el tenedor y por fin probé un bocado.

—No. —No apartó la mirada de su plato—. ¿Por qué?

—Me resulta extraño que sea sólo tu socia.

—¿Por qué? —Esta vez sí que me miró; su mirada era fría—. ¿Por ser mujer? Qué comentario más sexista viniendo de la mujer que quiere convertirse en médico.

—No es a eso a lo que me refería.

—No me digas. Pues no lo parecía.

—Me sorprende porque me pareces un cerdo sexista. Me retienes aquí contra mi voluntad, después de todo. —Le miré de un modo que expresaba lo mucho que lo odiaba—. No lo olvidemos. No somos un par de amigos cenando juntos.

—No soy tan malo como me pintas. —Le dio un sorbo a su whisky escocés; una mezcla curiosa con el pescado.

—Difiero encarecidamente.

—Joseph me robó cuatro millones de dólares. Por alguna estúpida razón, creyó que iba a salirse con la suya. Cuando aceptó un trabajo en el que lidiaba con información criminal, ya sabía que sus seres queridos se convertirían en blancos si enfadaba a la persona equivocada. Y, según mi investigación, parece que tú eres su única familia sanguínea con vida.

Le sostuve la mirada, y no la aparté a pesar de la emoción que sentía en el corazón. Mis padres habían sido víctimas de un conductor borracho mientras disfrutaban de una cita romántica; un coche a toda velocidad los empotró contra un árbol, y ambos murieron en el impacto. Joseph y yo no éramos más que unos críos.

—Así que sabía desde el principio lo que arriesgaba, pero lo hizo de todas formas. El malo aquí es él, no yo. Si yo tuviese una persona a la que amase, puedes apostar lo que quieras a que no me metería en líos. —Volvió a beber de su escocés, descansando el codo sobre la mesa—. Tengo una reputación que mantener. Joseph se ofreció a pagarme el doble de la cantidad que me debía, pero no es suficiente después de lo que hizo. El único modo de mantener mi poder era hacer algo que inspirase miedo, y por eso te secuestré. No soy malvado, London. Sólo intento sobrevivir, como todo el mundo.

—¿Y cómo va a enterarse nadie de que me has secuestrado? —pregunté—. Que yo sepa, nadie sabe siquiera que estamos aquí.

—Lo sabrán. —Hizo girar el contenido de su vaso antes de darle otro trago—. Confía en mí.

Se me cayó el alma a los pies. Tenía un plan para mí; no permanecería eternamente en la isla Fair. No consideraba aquel lugar como mi hogar, pero tampoco no era estúpida.

Sabía que había sitios mucho peores ahí fuera. Al menos vivir allí me daba el lujo de tener algo de libertad.

—¿Qué vas a hacer conmigo? —pregunté, a sabiendas de que no quería conocer la respuesta.

—No tiene importancia. Pronto lo sabrás.

No volví a tocar la cena; había perdido el apetito por completo. No tenía duda alguna de que Crewe era un hombre capaz. Tenía el poder para hacerme cualquier cosa, y no podría detenerlo. Podría violarme si quisiera, podría matarme si quisiera. Y si quisiera hacerme algo mucho peor, no podría hacer nada por evitarlo.

Ahora sentía verdadero pavor. Pavor a lo desconocido.

5

CREWE

Ariel llamó a la puerta de mi despacho.

—¿Quería verme, Crewe?

Dejé de leer mi correo electrónico para mirarla.

—¿Puede llamar a Bones e invitarlo a cenar mañana por la noche? Dígale que quiero presentarle a alguien.

Ella asintió.

—Por supuesto. Le comunicaré su respuesta.

—Gracias.

Ariel salió, dejando la puerta del despacho abierta.

Volví a leer mi correo y unos minutos después, recibí otro invitado.

—¿Aquí es donde se realiza toda la magia? —London entró,

vestida con pantalones vaqueros oscuros y una blusa de diseñador. Hoy tenía el pelo arreglado, largo y resplandeciente. Llevaba maquillaje, algo que Dunbar había traído consigo tras regresar de Glasgow. Cuando se esforzaba por tener buen aspecto, conseguía brillar con luz propia. Me sorprendía que Joseph tuviese una hermana mucho más guapa que él.

—Sí. Mucha magia. —Me giré en el asiento, descansando las manos en el regazo. Le repasé el cuerpo con la mirada, sin pudor, sabiendo que era mía para hacer con ella lo que quisiera. Era el tipo de hombre que apreciaba las curvas de una mujer, y estaba apreciando las suyas. La había visto desnuda, y aunque la visión me había puesto duro, ella había estado sucia y desnutrida. Ahora que mantenía su higiene de manera regular, ya había conseguido llamarme la atención unas cuentas veces. No estaba completamente impresionado con ella, ya que era muy difícil que una mujer me dejase pasmado, pero tampoco estaba decepcionado.

Dio unos pasos más por la habitación y examinó mi escritorio.

—Si buscas formas para matarme, sé un poco más discreta.
—Cada vez que dormía en la misma casa que ella, una parte de mí no dejaba de esperar que intentase atentar contra mi vida. Si lo hacía, no sentiría culpa alguna al apresarla contra mi colchón y follarla con tanta fuerza que la haría gritar. Sería un castigo justo por su crimen, al menos ante mis ojos.

—En realidad no lo hacía... de momento.

—Entonces, ¿qué haces aquí?

—¿Tú que crees? Estoy aburrida. —Cruzó los brazos sobre el pecho y cambió su peso de pierna—. Estaba en la facultad de medicina, trabajando dieciséis horas al día. Y ahora no sé qué hacer con mi tiempo libre.

Le lancé una mirada ardiente, sintiendo que mi entrepierna ya lo estaba pensando todo.

—Puedo entretenerte sobre este escritorio. —Asentí hacia la madera oscura sobre la que se asentaban mi ordenador y mi material de oficina—. Confía en mí, no volverías a aburrirte.

Puso los ojos en blanco y se acercó a la ventana.

—Paso.

Le miré fijamente el culo en esos pantalones, notando lo ajustados que eran.

—Haces ver que no estás interesada, pero me parece evidente que sí lo estás.

—¿Interesada en qué? —preguntó incrédula.

—En mí. Si tanto me odias, ¿qué haces aquí?

Se dio la vuelta y me miró a los ojos. No tenía respuesta.

Me levanté y me coloqué tras mi escritorio.

—Si me deseas, sólo tienes que pedírmelo. —Moví las manos hacia la madera, y mis dedos sintieron el suave pulido de la misma—. Estoy a tu servicio, cuando tú quieras.

Hizo una mueca de asco.

—Sabía que eras arrogante, pero vaya.

—¿Vaya, qué? —pregunté.

—¿Asumes así sin más que todo el mundo quiere acostarse contigo?

—Sólo con las mujeres secuestradas que pasan voluntariamente el rato conmigo.

No se le ocurrió ninguna réplica lógica ante aquello. Apretó los labios con fuerza mientras me fulminaba con la mirada, intentando pensar en algo que decir.

Aunque yo ya sabía que no tenía ni una puñetera excusa.

Ariel volvió al despacho.

—Bones dice que vendrá por la zona, y que le encantaría hacerle una visita.

No aparté en ningún momento la mirada de London.

—Ariel, ya conoce a nuestra invitada, ¿verdad?

—En realidad no. —Miró a London de arriba abajo, pero no le ofreció la mano—. Ahora puedo ponerle cara el nombre.

—Y yo ponerle cara al diablo —espetó London—. Este tío me tiene secuestrada en contra de mi voluntad, ¿y a ti no te importa en absoluto?

Ariel la miró fríamente; era la misma mirada que me dedicaba cuando estaba cabreada conmigo.

—¿Esperas que me importe sólo porque soy una mujer? Tus problemas no me interesan. Quéjate a alguien a quien le importe. —Y se marchó con la cabeza alta.

London sacudió la cabeza, como si no pudiese creer lo que acababa de oír.

—Aquí todo el mundo es retorcido.

—Puede que la retorcida seas tú. No perteneces a nuestro mundo, claro que no lo entiendes.

—Nuestros mundos tienen las mismas leyes. Y el secuestro es ilegal, vivas en el mundo en que vivas.

Sonreí.

—En el mío no.

SABÍA QUE MOVERÍA FICHA MÁS PRONTO QUE TARDE.

Intentaría matarme, y ya que sabía que no podía dominarme a base de fuerza física, lo intentaría mientras estuviese durmiendo. Dejaba mi puerta abierta a propósito; tenía el sueño ligero y, en cuanto oyera pisadas frente a la puerta, me despertaría.

Fue entonces cuando llegó.

Oí como el picaporte giraba con cuidado, anunciando su presencia con su sonido. Me quedé en la cama y la esperé; mi miembro se endureció al pensar en lo que ocurriría después. London intentaría asfixiarme o romperme algo en la cabeza, pero en lugar de eso, la acabaría poseyendo para enseñarle una lección.

Y estaría en todo mi derecho.

La sentí aproximarse lentamente a la cama con respiración acompasada. A pesar de su pequeña estatura, las tablas de madera del suelo crujieron levemente bajo su peso. La casa era vieja y, aunque una vez había sido un hermoso castillo, el tiempo había desgastado varios aspectos en ella.

En cuanto estuvo lo bastante cerca, llegó mi turno. La cogí por la muñeca y se la estampé en mi mesita de noche, forzándola a soltar la piedra que había tenido en la mano y a dejarla caer al suelo. Gritó al sentir el impacto, ya fuera por el dolor o por la sorpresa.

La agarré por la nuca y la subí a la cama, moviéndome al mismo tiempo. Dormía desnudo, así que estaba preparado para lo que ocurriría después. Le bajé los pantalones y las braguitas hasta que mi miembro quedó presionado justo entre sus nalgas. Me restregué contra ella, sujetándole las manos tras la espalda mientras que con la otra la sujetaba por la nuca.

—Tenía la esperanza de que lo intentarías.

Respiró profundamente debajo de mí; su cuerpo intentaba luchar contra su momento de pánico.

—No...

Presioné la punta de mi hombría contra su entrada,

deslizando el glande en su interior. Su estrechez me dio la bienvenida, y gemí automáticamente cuando me di cuenta de lo mucho que su vagina apretaría mi erección.

—Es hora de castigarte.

—No. —Movió las caderas hacia adelante bruscamente, pero eso no me detuvo.

—Te voy a follar, London. Y te voy a follar duro.

Volvió a moverse con violencia y comenzó a gritar, a pesar de que Finley no haría absolutamente nada.

—Lo siento, ¿vale? Lo siento, y no volveré a hacerlo. Pero no lo hagas, por favor. Por favor... —Su cuerpo yacía encima de las sábanas, y su sexo seguía siendo mío para poseerlo si me apetecía.

—Si te hubiese rogado que parases, ¿lo habrías hecho?

Ambos sabíamos la respuesta, por eso permaneció en silencio.

—Grita todo lo que quieras, sólo lo disfrutaré más. —Me introduje más en ella, excitado por la humedad que me saludó.

—¡No! Por favor. —Jadeó debajo de mí; había desesperación en su voz—. No lo hagas. No me hagas esto. Estás por encima de una cosa así.

Reí a pesar de que no había intentado ser graciosa.

—Te aseguro que no estoy por encima. Te robé, así que no tengo escrúpulo alguno en usarte.

—Golpéame. Rómpeme. Mátame. Pero no hagas esto, por favor...

Inexplicablemente, aquellas palabras me calaron hasta la médula. Prefería morir antes que tener sexo, y aquello consiguió tirar de los hilos de mi perdida compasión. Todavía tenía dentro de ella el glande, y podía sentir su humedad.

—¿Entonces por qué estás tan mojada, monada? —No salí de ella; la sensación de su interior era demasiado increíble. Era tan suave, tan cálido.

Resolló debajo de mí, con la cara presionada contra mis sábanas.

—Te he hecho una pregunta. —La agarré más fuerte de las muñecas y le apreté el cuello.

Retorció la cabeza, intentando soltarse.

—Me siento atraída por ti...

Mis dedos relajaron de inmediato el agarre sobre su garganta; aquellas palabras me tranquilizaron. Su confesión era honesta y llena de vergüenza. Estaba poseyéndola en contra de su voluntad, y aun así se había puesto húmeda por mí. Era realmente humillante, aunque sólo para ella.

—Pero no quiero hacer esto. Puede que mi cuerpo sí, pero yo no. Así que ten algo de compasión y déjame ir.

Todavía la tenía sujeta por las muñecas, y me peleé contra la idea de liberarla. Saber que deseaba mi miembro me hizo querer continuar. Mi atracción hacia ella se multiplicó en cuestión de segundos; ahora la quería sensualmente, quería que me rodeara la cintura con las piernas mientras nos movíamos con una pasión mutua.

No así.

Encontré la fuerza para soltarla y sacar la punta de mi pene. En cuanto éste sintió el aire de mi dormitorio, pulsó de frustración. No me puse bóxers; no me avergonzaba de mi desnudez.

London suspiró aliviada cuando la solté, pero no dejó de esconder el rostro. Tenía el culo todavía en el aire y las braguitas por los tobillos.

Me forcé a apartar la mirada; sólo conseguiría ponerme más duro.

—Sugiero que te vistas y te marches antes de que cambie de parecer.

London regresó al presente y volvió a ponerse la ropa. Se negó a mirarme a los ojos antes de salir de la habitación, olvidándose de cerrar la puerta.

Me senté en el borde de la cama e intenté comprender lo que acababa de pasar. Tenía todo el derecho a follármela; después de todo, acababa de intentar matarme mientras dormía, algo que sólo hacían los cobardes. Era mía. Era un aval de cuatro millones que le había arrebatado a Joseph. Si quería tirármela, podía hacerlo. Si quería romperle el cuello, también podía.

Podía hacer lo que me viniera en gana.

Pero algo me había retenido. Me había rogado que no la violara y, sin saber cómo, yo había accedido. Todavía la deseaba, pero había conseguido dar un paso atrás. Cuando me había dicho que se sentía atraída por mí, me había hecho sentir algo de satisfacción. Su cuerpo me deseaba, a pesar de que su mente me detestaba.

Tendría que ser suficiente. Por ahora

No la vi al día siguiente; se quedó todo el tiempo en su dormitorio. Seguramente intentaba evitarme tras la experiencia de la noche anterior, y no podía culparla. Había tenido dos centímetros de mi miembro en su interior, y todo lo que su cuerpo había podido hacer en respuesta era mojarse.

Estaba recordando la sensación de su estrecha vagina cuando Ariel entró.

—El helicóptero está preparado para esta noche. Va a traer algunos hombres consigo.

—Me parece bien. —En ningún momento había creído que vendría solo. Yo raramente iba a ningún sitio sin protección.

—Y otra cosa: Joseph Ingram está al teléfono.

Tenía los dedos sobre los labios, pero los aparté de inmediato cuando oí su anuncio. Apreté el puño.

—¿Qué quiere?

—Nada. Sólo ha dicho que quiere hablar con usted.

—Qué cara dura...

—Le dijo que no la salvase, pero nunca dijo que no pudiese contactar con usted.

Estaba demasiado enfadado como para sonreír.

—Tiene razón, como de costumbre.

—Me sorprende que aún quiera recuperarla. En mi opinión, es insufrible.

—Me sorprende que diga eso. —Continué la conversación, pero ya estaba pensando en lo que le diría a Joseph cuando me pusiera al teléfono.

—¿Por qué?

—Me recuerdan la una a la otra, ella y usted. Las dos son fieras.

Ariel puso los ojos en blanco afectuosamente.

—Está en la línea uno. —Se marchó, esta vez cerrando la puerta al salir.

Miré al teléfono por satélite que había sobre mi mesa, el que usaba para el trabajo y que estaba sincronizado con la línea de Ariel. Lo observé durante varios segundos antes de aceptar finalmente la llamada.

—Hola, Joseph. —Había planeado decir lo menos posible, forzándolo a hablar al guardar silencio, pero más le valía ir al grano; tenía cosas que hacer. Me hacía sentir una especie de satisfacción enferma que su hermana se sintiese atraída por mí a pesar de ser mi prisionera. Sentía como si, sólo con eso, ya hubiese cumplido mi venganza.

—Hola, señor Donoghue.

«Buen comienzo».

—Sé que tiene a London, y no he hecho ningún intento por recuperarla.

«Porque eres un cobarde».

—Pero espero que reconsidere dejarla marchar.

—¿Y por qué iba a hacerlo? —Me miré el reloj, viendo como la aguja de los minutos daba más y más vueltas.

—No es más que una niña inocente.

—No es una niña —dije, riendo—. Es toda una mujer.

Joseph se quedó callado ante el doble sentido de mis palabras; seguramente la vena de la frente la palpitaba.

—Y eso no va a pasar. Ya he decidido qué hacer con ella; se marchará en unos días. Y allá donde vaya, ya no será asunto mío.

—¿Qué quiere decir? —En lugar de mantener la calma, a Joseph se le notó el pánico en la voz.

—Un amigo mío viene a cenar esta noche. Le gustan las esclavas, y voy a presentarlos y decirle cuál es mi precio.

—¿Quién es? —exigió.

Un hijo de puta enfermo. Yo era frío y cruel, pero aquel hombre era algo completamente diferente. Me hacía parecer hasta manso.

—Bones.

Joseph sabía exactamente quién era. A Bones se lo conocía por su gusto en cuanto a las mujeres; le gustaba usarlas, romperles las piernas y luego perseguirlas por su mansión. Era indudablemente cruel, y las mataba tras aburrirse de ellas. Luego compraba otra esclava y el ciclo volvía a repetirse.

—Tenga piedad, Crewe...

—Me pagará los cuatro millones que tú no quisiste pagarme, y entonces estaremos en paz.

—Vamos, haré todo lo que quiera. No le haga eso, por favor. Es una buena persona... —Se le rompió la voz, como si estuviese al borde de las lágrimas.

No sentí ninguna simpatía hacia él.

—No debiste cabrearme, ya te lo dije.

—Debe existir algún punto intermedio.

—No cuando sé lo mucho que te molesta todo esto. Sabes que la torturarán todos los días de su vida hasta que Bones la acabe matando; es algo que puede pesar sobre tu consciencia segundo tras segundo hasta que por fin veas su tumba y sepas que su sufrimiento ha acabado.

—Haré todo lo que quiera...

—Adiós, Joseph. —Colgué y dejé el teléfono a un lado, acabando para siempre con Joseph Ingram. Perfeccionaría mi venganza, y todos los que oyesen la historia me temerían. Cuando entrara en una habitación, todos se inclinarían ante mí.

Porque era el rey del escocés.

6

LONDON

Crewe entró en mi dormitorio sin llamar, y sus ojos marrones resplandecieron con una intención siniestra.

—Va a venir un invitado a cenar. Quiero que te peines y te maquilles. Si necesitas ayuda, Ariel puede hacerlo por ti.

Había tantas cosas que no encajaban en esa frase.

—Primero, eso puedo hacerlo sola. Segundo, no quiero. Y tercero, ¿quién demonios va a venir hasta aquí para cenar?

—Es un amigo mío. Quiero que lo conozcas.

—¿Por qué?

Crewe se me acercó mientras yo me quedaba sentada en el sofá. Se le veía formidable vestido con su traje.

—Porque te voy a vender a él.

—¿Qué?

—Es parte de mi plan. Te ofreceré por cuatro millones; se lo pensará un poco antes de aceptar.

—Pues no estoy de acuerdo. —Crewe no era el mejor hombre sobre la faz de la tierra, pero al menos no me había violado cuando le pedí que no lo hiciese. Prefería quedarme con él, aunque fuese malvado; era mejor que ir a cualquier otro sitio—. No voy a ninguna parte.

—Eres mi propiedad —dijo en voz baja—. No tienes voz ni voto en esto. Péinate y maquíllate, o me encargaré de que lo hagan por ti.

Era una conversación era tan arrolladora que ni siquiera me paré a pensar en la última vez que habíamos hablado, cuando su grueso miembro entró en mí y confesé que me parecía guapo y atractivo. Me sentía humillada al haber permitido que aquellas palabras emergiesen de entre mis labios, pero aquella conversación era mucho peor.

—No.

Se acercó más a mí y me agarró por la garganta.

—Haz lo que te digo. O te follaré. —Tras lanzarme una mirada aterradora, me soltó—. Cuando vuelva dentro de treinta minutos, más te vale haber hecho lo que te he pedido. O mi polla acabará en tu culo. —Cerró la puerta violentamente al salir, haciendo que diese un salto.

HICE LO QUE ME PIDIÓ; NO SABÍA QUÉ OTRA cosa hacer.

Si lo desafiaba, cumpliría con su amenaza.

Pero si no lo desafiaba, tendría que conocer al hombre que podría acabar comprándome.

De un modo u otro, estaba perdida.

Crewe volvió treinta minutos después, vestido ahora con vaqueros y una camiseta verde oscuro. Tenía los gruesos brazos al descubierto, esbeltos y tonificados, con las venas marcándosele en la piel. Acababa de afeitarse, exponiendo la barbilla por completo.

Me miró con aprobación.

—Estoy algo decepcionado. Esperaba que no me hicieras caso.

Ignoré lo que insinuaba.

—Quítate ese vestido.

—No me has dicho qué querías que me pusiese. —Estaba de pie a los pies de la cama con los tacones puestos. Había encontrado el vestido en el armario, junto con el resto de la ropa que Crewe me había comprado.

—Eso es porque no quiero que lleves nada.

La sangre me desapareció del rostro.

—Quédate en ropa interior. Ahora.

Ya me había desvestido una vez para él, y no podía hacerlo de nuevo, sobre todo no delante de un desconocido que quería comprarme movido por razones carentes de toda moral.

—No.

—¿Que no qué? —Su mano salió disparada hacia mi cuello.

Eché el codo hacia abajo para que aflojase los dedos.

—No voy a quitarme la ropa para nadie. Si no te gusta, tendrás que...

Agarró la tela de mi vestido y la desgarró con las manos desnudas. Una larga raja de extendió más allá de la cintura, exponiendo mi sujetador gracias al material roto. Volvió a tirar bruscamente hasta dejarlo convertido en dos piezas separadas.

—Puedes dejarte los tacones puestos. Quítate el sujetador.

—Que te jodan. —Nunca me habían degradado tanto. Me desvestía y deshumanizaba por ser una mujer y no un hombre. Le escupí en la cara e intenté darle una patada en las pelotas.

Él bloqueó el golpe y me abofeteó.

—Vuelve a escupirme y verás lo que te pasará. —Me desabrochó el sujetador con una mano en un movimiento fluido, y éste me resbaló por los brazos y cayó al suelo.

¿Cómo se había convertido mi vida en aquello?

—Estás por encima de esto, Crewe.

—No, no lo estoy —dijo con frialdad—. Cuando alguien me jode, le doy una lección. Puedes intentar evitarlo todo lo posible, pero no lo conseguirás. Tengo todo el control. Y tú no tienes nada.

Fue la primera vez que quise romper a llorar. Fue la primera vez que quise dejar correr las lágrimas. Toda esperanza abandonó mi cuerpo al darme cuenta de que realmente no era más que una propiedad, ganado que vender al mejor postor.

—Ahora vamos a cenar. No tienes que comer, no tienes que hablar; sólo quedarte ahí sentada. —Me agarró del codo y me guió hacia el lujoso comedor. Tenía los pechos al descubierto y mi virtud cubierta sólo por las braguitas. Pasé junto a Finley en el pasillo, pero tuvo la decencia suficiente para no mirarme.

Crewe me obligó a sentarme en una silla y me acercó a él.

Me tapé inmediatamente el pecho; los pulmones se me constriñeron con lágrimas inminentes.

—No me hagas esto. Crewe, por favor...

—Baja los brazos. —Me cogió ambas muñecas y tiró de ellas hacia abajo—. Cada vez que te las tapes durante la cena, te daré una bofetada. —Se inclinó sobre el respaldo de la silla hasta tener la boca presionada contra mi oído—. Acepta tu destino. En este momento no puedes hacer otra cosa.

—Salió de la sala justo cuando Finley anunció la llegada de su invitado.

—Señor, Bones acaba de llegar.

¿Qué clase de nombre era Bones, y quién tenía un nombre que significaba Huesos? Sólo de oírlo empecé a temblar. No sabía a qué se refería, pero era algo con lo que no podría lidiar. Incluso sin verle la cara, ya sabía que aquel hombre me inspiraría terror.

Crewe y Bones intercambiaron unas palabras sobre el tiempo, y después el segundo comentó su vida en Roma. Se dirigieron al comedor, y sus voces se hicieron más y más audibles. Me quedé allí sentada, en ropa interior, con las lágrimas ardiéndome tras los párpados. Un hombre cualquiera iba a dedicarse a mirarme durante toda la cena... como si no fuera humana.

Bones cruzó la puerta, y lo primero en lo que me fijé fue en su rostro pálido y el cabello rubio. Tenía barriga, y lo rodeaba un aura tensa y espeluznante. Cuando su mirada recayó en mí, me tapé de inmediato la cara; me sentí asqueada.

Crewe me puso una mano en el hombro.

—¿Qué te he dicho, monada?

Me negué a bajar las manos y permitir que aquel hombre enfermo me mirase. Tenía un grueso bigote y ojos retorcidos; me follaba con la mirada cada vez que me ponía los ojos encima, sin reparo alguno en verme como una prisionera. Daba más miedo de lo que había esperado.

Crewe me abofeteó tal y como me había prometido, golpeándome la mejilla con el dorso de la mano. Usó bastante fuerza, dejándome la mejilla enrojecida por el impacto.

Bajé las manos.

—Necesita un poco de entrenamiento —dijo Crewe—. Eso es todo.

—Es fascinante. —Bones se acercó y se inclinó, mirándome el cuerpo como si tuviera todo el derecho a examinarme. Luego extendió una mano y me cogió un pecho.

Le golpeé la mano.

—No me pongas las putas manos encima.

Él echó el puño hacia atrás y me lo clavó en la cara, haciéndome gritar de dolor. Volvió a echar el brazo hacia atrás para repetirlo.

Crewe lo detuvo.

—Uno es suficiente, Bones. ¿Por qué no tomas asiento y bebemos de mi mejor escocés? —Se colocó entre ambos, protegiéndome con su tamaño.

No debería haberme sentido agradecida pero, de algún modo, lo estaba.

Bones se colocó en el otro lado de la mesa.

Crewe se sentó a mi lado y le preguntó a Bones sobre su negocio de armamento. Aparentemente, manufacturaba armas de manera ilegal y las vendía al mejor postor por todo el mundo. No estaba segura de qué tenían él y Crewe en común, pero estaba claro que había algo.

Finley sirvió la cena, pero no me atreví a probar bocado. Tenía el estómago revuelto y el dolor que sentía en el ojo era atroz; sabía que mañana me despertaría con el ojo morado.

Bones y Crewe siguieron hablando de negocios, concentrándose en la experiencia de Crewe a la hora de vender información. Mencionaron a alguien llamado Crow y su participación vendiendo armas a sus aliados.

La conversación me aburría, pero seguía asustada.

—Y bien —dijo Bones, hablando con la boca llena—, ¿la has traído contigo sólo para calentarme?

—No —contestó Crewe—. Esta guapa señorita está en venta, de hecho.

—No me digas. —Volvió a mirarme las tetas sin dejar de comer—. ¿Por cuánto? Me encantaría probarla.

Sentí deseos de vomitar por toda la mesa.

—Cuatro millones —dijo Crewe—. El precio no es negociable.

—¿Cuatro millones? ¿Estás loco? —La comida le salió disparada de la boca al hablar; parecía un cerdo.

—Vale cada centavo —dijo Crewe con convicción—. Tiene la fiereza que tanto te gusta. Anoche mismo se coló en mi dormitorio e intentó abrirme la cabeza con una roca.

Bones se rió a carcajadas, desde lo más profundo de la garganta.

—Tiene espíritu... Me gusta. —Sus ojos azules volvieron a posarse sobre mí, atravesándome la piel hasta llegar a mi alma sin mácula. Quería arrebatármelo todo, todo lo que valoraba.

—Y también tiene una buena boquita —continuó Crewe—. Suelta comentarios sarcásticos uno tras otro.

—Incluso mejor —dijo Bones—. Pero ese precio es muy alto. Seguro que estás de acuerdo.

—Como si no pudieses permitírtelo. —Crewe mostró una sonrisa encantadora, usando su carisma natural incluso con otro hombre.

—Claro que puedo —respondió Bones—. Pero gasto mi dinero de manera inteligente. Puedo conseguir una buena puta por una fracción de ese coste.

—No soy una puta —siseé. Estaba cansada de que hablasen de mí como si no estuviese. Bromeaban sobre mi fiera personalidad, pero no entendían que sólo intentaba sobrevivir. ¿Qué harían ellos si se encontrasen en una situación como la mía? ¿Rendirse?

Crewe me dio una palmada en el hombro.

—Tiene razón, no lo es. Y por eso es mejor. Estaba en la facultad de medicina cuando la secuestré, así que éste será su primer rodeo. Necesitará entrenamiento, necesitará que la rompan. Pero si me preguntas mi opinión, ahí es donde está toda la diversión.

Bones tomó otro bocado de su plato y asintió.

—En eso tienes razón.

Retorcí el hombro, alejándome del tacto de Crewe.

Éste dejó que me saliese con la mía y volvió a bajar la mano a su regazo.

—Te daré unos días para que lo pienses, pero después de tres días abriré la puja al público.

—Tengo que preguntarlo, Crewe —dijo Bones—. ¿De dónde sale ese precio?

—Me alegro que lo preguntes. —Bebió de su whisky escocés antes de continuar—. ¿Conoces a Joseph Ingram?

—De pasada —contestó Bones—. El nombre me suena.

—Pues bien, ese idiota me pagó con billetes falsos. Fue lo bastante estúpido como para creer que se saldría con la suya.

Bones gimió en voz baja, sonriendo a su modo.

—Es insultante.

—Si hubiera conseguirlo jugármela con un plan elaborado, quizás todavía podría sentir algo de respeto por él —dijo Crewe, encogiéndose de hombros—. Pero lo que hizo fue de principiantes. En menos de cinco minutos supimos que nos había timado.

—Tal vez pensó que no podríais encontrarlo —sugirió Bones.

—Bueno, sólo tardamos dos días. Lo trajimos a él y a sus hombres hasta mi cuartel general en Glasgow. Tras una buena paliza, se ofreció a pagar el doble de lo que me debía, pero está claro que no llegó a pagar nunca. No habría podido conseguir el dinero con él, así que me llevé a su hermana. —Me rodeó los hombros con el brazo—. Joseph Sabe todas las cosas horribles que le harán a su hermanita, y esa será venganza suficiente. Pero la estoy vendiendo por el precio que me debe, así mato dos pájaros de un tiro.

Bones asintió lentamente y levantó su vaso hacia Crewe.

—Te felicito, Crewe.

Éste brindó con él.

—Gracias. — Echó la cabeza hacia atrás y se bebió el escocés de un trago.

Bones hizo lo mismo.

—Es el castigo perfecto. Pero necesito cavilarlo; no puedo dejar de pensar en todas las putas que puedo comprar con todo ese dinero. Sin embargo, ahora que conozco su historia, estoy mucho más interesado. Le daré palizas mucho peores sólo porque sé que alguien está sufriendo por ella. —Me miró fijamente, y su mirada cruel me perforó la piel. Podía sentir como la excitación manaba de su cuerpo ante todas las cosas que quería hacerme y que no había dicho en voz alta—. Me encantaría romperle las rodillas y verla intentando escapar de mí arrastrándose por el suelo. O romperle un brazo y ordenarla que me sirviera. Pero no durará tanto como las otras; estará enterrada en el patio en menos de un año.

Me obligué a no temblar, a no sucumbir al miedo mientras Bones estuviera presente.

Cuando por fin abandonó la casa, una vez que salí corriendo hacia mi dormitorio y me tapé con la ropa, mi cuerpo por fin empezó a temblar de terror. No podía coger aire; jadeaba con demasiada fuerza. Si tenía que someterme a ese psicópata, me suicidaría.

Era la mejor alternativa.

Crewe entró en mi dormitorio sin llamar.

—Ha ido bien.

Normalmente respondería con sarcasmo, pero en aquel momento no me veía capaz.

—Volverá con el dinero en tres días.

—¿Ha dicho eso? —Mi única esperanza había sido que el

precio fuera demasiado alto. Creí que sería demasiado cara como para que me comprase, sobre todo si no iba a durar mucho.

—Sí. —Crewe estaba allí de pie con las manos en los bolsillos—. Sólo necesita conseguir los fondos y volverá. Cuando estás siempre de viaje, es difícil tener las finanzas en regla.

La explicación no me importaba.

—Crewe... no lo hagas. —Ya había rogado una vez antes, y me había escuchado. Quizás volvería a hacerlo—. Por favor.

Bajó la cabeza para mirarme, casi aburrido.

—Te conseguiré el dinero, ¿vale? Se te pagará la deuda.

—¿Tienes cuatro millones escondidos por ahí? —inquirió con una cruel sonrisa.

—No, pero los conseguiré. —Vendería drogas si hacía falta—. Me estás vendiendo para conseguir tu venganza, deja que me compre yo misma.

Negó con la cabeza.

—Aunque tuvieses el dinero, no lo aceptaría. Entregarte a un loco como Bones es parte del plan.

—No... —Sentí como las lágrimas se me formaban en los ojos, pero no llegaron a caer—. Te lo ruego. —Me puse de rodillas en el suelo—. No dejes que se quede conmigo. Sé que tienes compasión, sé que tienes empatía.

Sus ojos se oscurecieron en cuanto me puse de rodillas.

—No tengo nada de eso.

—No es verdad; lo he visto.

—La única razón por la que no te follé la otra noche fue porque no quería tocar la mercancía. Tus ruegos no tienen efecto en mí.

No me lo creía, o tal vez no quería creerlo.

—Haré lo que sea. No me entregues a ese psicópata; está completamente loco.

—De eso se trata —dijo Crewe con frialdad—. Es el tío más chiflado con el que he hecho negocios, y eso ya es decir.

Junté las manos, sin importarme lo patética que me hubiese vuelto. Estaba en el suelo como una rata, pero no me importó. Haría cualquier cosa para salvar mi vida, para salvarme del sufrimiento eterno.

—Crewe, tiene que haber algo que quieras. Puedo darte cualquier cosa que necesites. Cualquier cosa. —Estaba claro a qué me refería. Nunca hubiese creído que acabaría ofreciendo algo así, pero estaba dispuesta a acostarme con él sólo para evitar a Bones. Escogería a Crewe por encima de Bones sin siquiera pensarlo.

—No hay nada que quiera más que hacer ejemplo de mis enemigos. —Caminó a mi alrededor, con las manos todavía en los bolsillos—. Te vas en tres días. Puedes culparme todo lo que quieras, pero el responsable de esto es tu hermano. Cúlpalo a él.

—Crewe, por favor...

Cerró la puerta bruscamente.

Incapaz de contenerlas más, sucumbí a las lágrimas.

7

CREWE

London no salió de su cuarto para comer ni para ninguna otra cosa. Se quedó escondida. Finley iba a ver cómo estaba de vez en cuando para asegurarse de que no se ahorcaba en el armario; no la culparía si intentase tomar ese camino.

Yo haría lo mismo.

Aunque era una circunstancia terrible para ella, no sentía simpatía alguna. Así era cómo funcionaba el mundo: los hombres malos se aprovechaban de ti en cuanto bajabas la guardia. Debería haberse escondido mejor, debería haberse mantenido en guardia durante más tiempo. Si hubiese ido con cuidado, yo no habría podido dar con ella.

Así que era un error que ella misma había cometido.

Bones se la llevaría, le daría la paliza de su vida y luego la mataría en cuestión de ocho meses. Una vez que abandonase mi casa, ya no volvería a verla nunca más; nadie volvería a hacerlo, salvo Bones. Su muerte sería igual de dolorosa que los meses que le quedarían de vida.

Pero seguía sin importarme.

Su negativa a hablar conmigo no me haría cambiar de idea; podía morirse de hambre si quería. Sólo acabaría teniendo menos energía para resistirse a Bones si su plan era luchar. Su protesta silenciosa no tenía efecto sobre mí. En todo caso, era agradable no tener que escucharla quejarse y armar alboroto.

Ariel entró en mi oficina.

—Acabo de hablar con Bones. Ha dicho que estará aquí mañana por la tarde para recoger su nueva compra.

—Gracias por decírmelo.

Se quedó junto a la puerta.

—Esa chica tiene un largo camino por delante.

—Así es. Pero espero que no se esté volviendo blanda, Ariel.

—No lo hago. —Cruzó los brazos sobre el pecho—. Sólo me pregunto si es lo bastante fuerte para sobrevivir a ello.

Negué con la cabeza.

—Nadie lo es. Ya sabe lo chiflado que está.

Asintió.

—Bueno, si no la veo antes de que se marche, deséele buena suerte de mi parte.

Reí entre dientes.

—No me habla. No creo que vuelva a hacerlo nunca más.

Ariel se encogió de hombros.

—De todos modos, usted no es un hombre de muchas palabras. —Me guiñó el ojo antes de cerrar la puerta.

Acabé la jornada laboral, fui a correr por la isla y realicé mi rutina de ejercicios; luego cené y leí un poco antes de irme a la cama. London podía volver a mi habitación para matarme mientras dormía, pero sospechaba que no lo haría. A aquellas alturas, matarme no cambiaría nada; Bones vendría a por ella de todos modos.

Me quedé tumbado en la cama, mirando el techo y pensando en mi siguiente viaje a Glasgow. Ya había pasado bastante tiempo a solas en aquella isla. Cuando regresase a la ciudad, visitaría a una de mis asiduas. El sexo era algo que ansiaba como cualquier otro hombre, pero había ocasiones en las que no lo necesitaba. Aun así, el deseo siempre volvía.

Tres semanas sin sexo me habían disparado la libido.

La puerta se abrió y alguien entró. Supe exactamente de quién se trataba sin necesidad de confirmarlo. Si había venido para volver a matarme, sería inútil; iba a necesitar una pistola si planeaba subyugarme.

Me senté en la cama y me quedé inmóvil ante la visión que tenía delante.

London se desató el albornoz y dejó que se deslizase por sus hombros hasta caer al suelo. Se quedó allí, desnuda, con los pechos coronados por los pezones endurecidos. Sus largas piernas parecían extenderse hasta el infinito. Caminó tranquila hacia la cama, balanceando las caderas mientras lo hacía. Tenía el pelo arreglado para que formase ondas, y se había pintado los ojos con sombra de un color oscuro.

Llegó a la cama y se subió a ella; su piel suave era cálida cuando se acercó a la mía.

La miré hipnotizado, con mi miembro listo para continuar. Parte de mí se preguntó si aquello era un sueño: no hacía ni unas horas me había detestado con pasión. Dudaba que tuviese deseos de follarme tras lo que le había hecho.

London se sentó a horcajadas sobre mis caderas y descansó el cuerpo directamente contra mi entrepierna. Mi sensible piel pudo sentir los pliegues de su sexo, la suave carne que penetraría una y otra vez. Se masajeó las tetas y se restregó contra mí, con los encantos de una puta.

Mis manos se movieron a sus caderas y enterré los dedos en su suave piel.

—Monada... —Me incorporé y me llevé uno de sus pezones

a la boca, chupando y saboreando la dura carne. Sabía a limpio y olía a mujer, a flores.

Mientras adoraba su cuerpo, averigüé exactamente lo que pretendía.

—Que te folle no me hará cambiar de opinión sobre lo de mañana. Te voy a vender a Bones por muy buena que seas en la cama.

Sus dedos se movieron por mi pelo mientras me mantenía cerca de ella. Arqueó la espalda para que pudiese chuparle el otro pezón. Había pasado los últimos dos días odiándome, y ahora parecía como si nada hubiese ocurrido.

—Puede que cambies de idea... —Estiró el cuello para poder alcanzarme el hombro con los labios, depositando besos húmedos por la piel hasta llegar al cuello. Arrastró la lengua hasta mi oreja, que llenó con su aliento ardiente.

Mis manos le exploraron la espalda, sintiendo los duros músculos bajo la piel sedosa. Tenía hombros pequeños pero fuertes; podía sentir su poder bajo las yemas de mis dedos. A pesar de que ya la había visto desnuda varias veces, me pareció una experiencia nueva. Ahora la estaba tocando, explorando.

Me moví hacia adelante y la tumbé boca arriba, encajando las caderas entre sus muslos. Bajé los brazos hasta detrás de sus rodillas y me eché sobre ella, frotando mi erección contra su sexo. La miré fijamente; mi pecho rozaba sus pechos erectos. Le miré los labios con anhelo, disfrutando de la visión de aquella hermosa mujer debajo de mí.

Al llegar, no me había parecido nada fuera de lo común. Era una mujer más, como todas las demás, de cabello suave y figura voluptuosa, y con esmeraldas por ojos y la actitud de un alcaide. Pero ahora no podía dejar de observarla, viéndola como algo diferente. Recordé todos los momentos en los que me había desafiado, negándose a mostrar miedo a pesar de estar aterrada. Sin quererlo, había hecho que sintiese respeto por ella.

Y aquello era algo difícil de conseguir.

Me puso las manos en el pecho y subió las palmas, deslizándolas, frotando mis duros músculos pectorales. Llegó a los hombros y enterró los dedos en la piel, sintiendo la fuerza que poseía mi cuerpo. Sus piernas me apretaron la cintura, y entrelazó los tobillos.

Le miré fijamente los labios y anticipé el subidón de adrenalina; probablemente sabrían mejor que su piel. London tenía la confianza suficiente como para ser completamente sexy, para ser una de mis fantasías. Que se hubiese subido encima de mí sin más y me hubiese pedido sexo le daba a ella el control.

Pero me gustaba entregarlo.

Ahora estaba atrapada debajo de mí, lista para que la disfrutase.

Pegué la boca a la de ella y la besé lentamente, sintiendo como me atravesaba una corriente eléctrica en el momento en el que nos tocamos. Me temblaron los brazos del éxtasis, de la química inesperada. No quería tirármela nada más empezar; besarla me proveía de suficiente satisfacción, de suficiente ardor. Metí la lengua en su boca y encontré la suya. Ambas bailaron lentamente; nuestra química era combustible y poderosa. Mi miembro se restregó poco a poco contra su entrepierna, aprovechando la humedad que se reunía entre sus muslos.

Joder.

Le enterré la mano en el pelo y me aferré a los mechones, sintiendo como el poder me atravesaba mientras la dominaba. Era mía por propia voluntad. La había reclamado en cuanto me había dado la oportunidad, y ahora no quería dejarla ir. Quería besarla para siempre, sentir el dolor en los labios que me provocaría el deseo de besarla mucho más.

London me arañó la espalda despacio, casi rompiendo la piel de la presión.

—Fóllame.

Gruñí contra sus labios, sintiendo mi erección pulsar al mismo tiempo. No recordaba la última vez que había tenido un beso tan ardiente como aquél, la última vez que había tenido una mujer más sexy que London debajo de mi cuerpo. Rogó por mí, y supe que su ruego era sincero por lo mojado que estaba su sexo.

—Crewe...

Ahora sí que estaba perdido. Nada era tan sensual como que una mujer susurrase mi nombre. Tenía los encantos de una cortesana experimentada, como si se hubiese ganado la vida complaciendo hombres, pero poseía la suficiente inocencia para hacerla parecer inmaculada, como una flor blanca en medio del bosque, preciada y hermosa.

Dirigió el glande de mi dureza dentro de su cuerpo y luego me sujetó las caderas, enterrándome las uñas en la carne. Tiró de mí, llevándome dentro con impaciencia.

Me deslicé en su interior, atravesando su estrecha humedad con un ruidoso gemido. Me enterré más y más profundamente, introduciéndome centímetro a centímetro en ella hasta que mis testículos descansaron contra su trasero. Respiré a través del placer, sintiéndome como un rey mientras estaba dentro de aquella preciosa mujer. Tenía la boca presionada contra la suya mientras seguía respirando a pesar de lo intoxicante que resultaba.

London gimió suavemente, enterrando las uñas con más fuerza. Sus tobillos siguieron entrelazados en un agarre de hierro en torno a mí. Dejó escapar sonidos sensuales contra mis labios, disfrutando de la sensación de mi sexo tanto como yo de su estrecha vagina.

—Joder, que estrecha eres. —Embestí en ella lentamente, deslizándome por su estrecho canal mientras esperaba pacientemente a que se aclimatara a mí—. ¿Eres virgen? —Esperé su respuesta, esperando que fuera un sí.

—No. Es que ha pasado algún tiempo...

Aquella respuesta fue igual de buena. Me introduje en ella, sujetándola el pelo con fuerza. Cada vez que entraba en su abertura, la humedad que no dejaba de reunirse para mí me daba la bienvenida. Acerqué el rostro al suyo mientras me movía, deseando hacer miles de cosas al mismo tiempo. Quería succionarle los pezones, dilatarle el culo y abofetearla al mismo tiempo.

Pero besarla era igual de bueno que todas aquellas cosas.

Había algo innatamente erótico en la sensación de juntar nuestros labios y moverlos en sincronía, y en el tacto de nuestras lenguas. Cada vez que ella inhalaba, yo le robaba el aire de los pulmones, revigorado por su excitación. Al verla por primera vez me había parecido una chica cualquiera, pero ahora me parecía la mujer más erótica del planeta.

Sus manos me subieron por la espalda hasta llegar al pelo, sin dejar de empujar las caderas contra mí. Aceptó mi sexo poco a poco, tomándolo mientras se relajaba. Lo succionó como una profesional, como si su tamaño y su grosor no le causase apenas dolor.

Pero sabía que eso no era cierto.

Mi deseo tomó todo el control, y la asalté con más fuerza, dejando que mis testículos chocasen contra su culo con cada embestida. El sudor me descendía por el pecho mientras seguía besándola y follándola.

Maldición, ya quería correrme.

Profundicé el ángulo y froté el hueso pélvico contra su clítoris, disfrutando de la humedad sobre mi piel. Apliqué la presión justa; quería que se corriera. Su placer no debería importarme pero, como el caballero que era, al menos en su mayor parte, quería que sintiese la misma experiencia que yo. Además, ver a una mujer correrse me ponía todavía más cachondo.

Continué besándola, sin desear detenerme; su boca era tan intoxicante como su lugar íntimo. Habría podido seguir toda la noche. Me encantaba tener a una mujer debajo de mí, disfrutando de cada centímetro de mi miembro mientras se lo metía hasta el fondo.

Movió las manos hasta mis antebrazos, aferrándose a ellos. Sus labios dejaron de moverse y empezó a jadear contra mi boca. Los pezones se le endurecieron como el diamante.

—Crewe... —Podía haber estado fingiendo, pretendiendo sentir aquel exquisito placer sólo para manipularme, pero cuando su vagina se tensó de repente, cerrándose en torno a mi erección con una fuerza sorprendente, supe que no era una actuación.

Entonces echó la cabeza hacia atrás y gimió. Su suspiro de placer se convirtió en un grito, un grito que debió de crear eco por la casa e incluso llegar a la primera planta. Joder, hasta las ratas del sótano tenían que haberlo oído. Me aceptó profundamente dentro de ella mientras sus gemidos iban acallándose.

—¿Te ha gusta eso, monada?

—Sí... —Sus labios volvieron a posarse sobre los míos, su humedad alcanzó mi miembro. Me metió la lengua en la boca, agradeciéndome el orgasmo que acababa de provocarle.

La embestí con más fuerza, queriendo liberarme en ese lugar pequeño y estrecho. Mis testículos no dejaban de golpearle la carne mientras movía las caderas, preparándome para el gran final. Quería que mi semen estuviese dentro de ella toda la noche, que mi presencia siguiera en su interior hasta mucho después de que yo ya me hubiese ido.

Sus pechos se movían al ritmo en que me la follaba.

—Ahora mismo no estoy con la píldora... —Sabía que me iba a correr, debió sentir la manera en que mi erección se estaba endureciendo dentro de ella—. Quiero que te corras dentro, pero...

Oír aquella confesión hizo que me bajase un escalofrío por la espalda. Quería vaciarme dentro, chorro tras chorro de semen, hasta que estuviese completamente llena. Pero correrme en sus tetas tampoco sería tan malo; eran preciosas. Y sería muy retorcido dejarla preñada antes de entregársela a Bones. No era de buena educación.

La follé con más ahínco, hasta que sentí una ola orgásmica de liberación. Salí de ella justo a tiempo para correrme sobre su vientre y tetas, creando charcos blancos. Mi semilla llegó bastante lejos, marcándolo todo, y le acerté justo en el canalillo, además de en la piel cercana. Aquella visión me hizo sentir una segunda ola de placer mientras admiraba mi artesanía.

Volví a besarla, a pesar de que la diversión se había terminado. Me sentí satisfecho de la hermosa mujer que tenía debajo de mí, cubierta de mi semen. Mi lengua volvió a su boca, y mi mano a su cabello. El beso duró unos minutos, simplemente porque era agradable. London sabía cómo usar la boca, cómo mover la lengua correctamente. Hasta diría que era la mujer que mejor besaba de todas con las que había estado.

Me quité de encima y ella volvió a la parte de arriba de la cama, donde estaban las almohadas y cojines. Me tumbé sobre las sábanas, haciendo a un lado la colcha, dejando que mi cuerpo se enfriase; todavía estaba cubierto en sudor. Ahora que la diversión se había terminado, me invadió el cansancio.

London se lavó en el baño antes de venir conmigo a la cama y tumbarse a mi lado.

No abrí los ojos.

—¿Qué haces?

—Dormir —susurró, dándome la espalda.

—Aquí no. Vete a tu cuarto.

No se movió; tenía las sábanas subidas hasta el hombro.

Abrí los ojos, sintiéndome irritado.

—¿Qué acabo de decirte?

—¿De verdad me vas a echar?

Me di la vuelta con el humor agriado.

—Que hayamos echado un polvo no cambia nada. No voy a dormir contigo. Mañana le venderé tu culo a Bones. Si de verdad creías que ibas a importarme tras un buen revolcón, es que eres idiota.

8

CREWE

No vi a London a la mañana siguiente, pero Finley me aseguró que se encontraba bien.

No había intentado suicidarse en mitad de la noche.

Ariel llamó a mi puerta abierta.

—Bones llegará en una hora.

—Gracias. —En una hora, mi prisionera se marcharía para siempre. Joseph, junto con el resto del mundo, sabría que cumplía con mis amenazas. Descargaba castigos imperdonables sobre mis enemigos, algo que jamás podrían olvidar.

—¿Necesita que haga algo más antes de acabar por hoy? —preguntó.

—No, eso es todo. Que tenga buena noche.

Sonrió antes de marcharse.

Miré por la ventana a la isla verde que se extendía más allá. El cielo era de un azul pálido, casi blanco. El viento era ligero aquella tarde; la tormenta de la costa de Irlanda ya había desaparecido. Admiré la belleza del mundo exterior antes de darme cuenta de que era hora de preparar a London.

Entré en su habitación sin llamar, ya que tanto ella como la habitación eran de mi propiedad.

—Haz las maletas. Llegará en media hora.

Estaba sentada al pie de la cama, con las rodillas contra el pecho. Iba vestida con una camiseta demasiado grande y pantalones de deporte, y parecía no haber pegado ojo en toda la noche. Tenía la mirada clavada en la ventana, con un resplandor derrotado en los ojos.

—¿Me has oído? —pregunté con más fuerza.

—No tengo nada, no soy una persona...

Oí la melancolía en su voz, pero no dejé que penetrase bajo mi piel. Entré más en la habitación hasta ponerme junto a ella y la agarré por la garganta, sorprendido cuando no mostró ni la más mínima reacción.

—Deja de compadecerte de ti misma.

—¿Por qué no podías matarme sin más? —Se le rompió la

voz, y las lágrimas le bajaron por el rostro como una avalancha inesperada—. Ya es venganza suficiente.

—Pero no es una buena venganza. —La solté, molesto al no haber conseguido efecto alguno—. Olvida tus lágrimas y supéralo.

Levantó la cabeza para mirarme, con las mejillas húmedas por las lágrimas que ya había derramado. Nunca había sido testigo de su llanto, a pesar de que se había resistido desde el primer momento. Sus lágrimas resplandecían como diamantes, atrapando la luz natural que entraba por la ventana y lanzando destellos. En cuanto las primeras bajaban y le descendían por la mejilla, los ojos se le inundaban de más lágrimas todavía.

—Crewe, no lo hagas, por favor. Todavía hay tiempo.

Negué con la cabeza, sin decir nada.

London me agarró la muñeca y la apretó.

—Sé que eres un buen hombre. Sé que estás por encima de esto.

Observé como de sus ojos manaban más lágrimas antes de que se desbordaran y cayeran. Sus dedos se aferraban a mi muñeca del mismo modo en que se habían aferrado a mis brazos mientras estábamos anoche en la cama. Algo se removió dentro de mí, un sentimiento que no podía identificar. Ni siquiera estaba seguro de si era bueno o malo.

—No soy un buen hombre. Recabo información de amigos y aliados por igual, y la vendo a enemigos a cambio de beneficios. No soy mejor que la ley, ya que me niego a obedecerla. Vivo bajo mis propias reglas, bajo mi propio código moral. Si quiero venderte, lo haré. No me importa que seas una mujer inocente intentando salvar vidas. Para mí, sólo eres un peón dentro del juego. Tu sufrimiento y tu muerte no significan absolutamente nada. —Me solté de su agarre—. Nada.

ME SENTÉ EN EL SOFÁ Y OBSERVÉ PASAR LOS MINUTOS. La gran manecilla del reloj de pie se movía sin cesar, acercándose al momento en el que Bones aterrizaría en la explanada frente a mi casa.

Bebí de mi escocés, sintiendo los cubitos de hielo contra los labios al hacerlo. Cuando el vaso estuvo vacío, lo rellené y lo descansé sobre la rodilla, mirando fijamente el reloj otra vez. London había dejado de sollozar hacía quince minutos. Incluso con la puerta de su dormitorio cerrada, en la planta de arriba, continué oyendo su llanto.

Me molestaba.

Finley entró en la sala.

—Señor, el helicóptero acaba de aterrizar. Bones llegará en breve.

Levanté el vaso en su dirección.

—Gracias, Finley.

Éste asintió y se marchó.

Abandoné mi bebida y me puse en pie, ajustándome la corbata sin siquiera mirarme en el espejo. Metí las manos en los bolsillos y fui hacia la puerta principal.

—London, mueve el culo hasta aquí abajo. —Le daría un segundo para coger aire antes de bajar las escaleras y ser reclamada por aquel chiflado, pero si me hacía esperar demasiado, subiría y la bajaría arrastrándola por el pelo.

Finley abrió la puerta principal y acompañó a Bones y a sus dos amigos dentro.

—Siempre es un placer. —Le estreché la mano a Bones.

—Lo mismo digo. ¿Y dónde está mi pequeño regalito? —Vestía un traje gris y corbata negra, y era de mi altura, aunque con mucha más grasa alrededor de la cintura.

—Ya viene.

—Excelente. —Me entregó un maletín—. Está todo ahí.

Aunque Bones era una persona vil, no era un tramposo. Si decía que el dinero estaba ahí, sabía que decía la verdad.

—Gracias. —Lo coloqué a mi lado.

Bones volvió a extender la mano y uno de los amigos sacó una cadena de una bolsa. Era negra y pesada, y al final tenía un collar del tamaño justo para rodear el cuello de una persona. Era viejo y estaba oxidado; probablemente lo habían llevado las demás esclavas que había tenido antes de London. Abrió el collar y separó las dos piezas de metal, listo para ponérselo en el cuello.

Iba a tenerla sujeta con una cadena durante todo el trayecto a Roma.

Miré fijamente el metal y pensé en todas las cosas que le haría. Pensé en que ya le había dado un puñetazo en la cara y la había dejado con un ojo morado. Bones era grande y fuerte; London no tendría oportunidad alguna contra él.

Los recuerdos de la noche anterior me inundaron la mente: los besos ardientes que me había dado y lo estrecha que era. Bones jamás le daría sexo de aquel tipo, del misericordioso. Todo giraría alrededor de cadenas, látigos y huesos rotos.

Me di cuenta de que me sentía mal por ella.

—¿Por qué tarda tanto? —preguntó Bones, soltando un suspiro—. Debería estar volviendo ya. Además, estoy impaciente por jugar con mi juguetito nuevo. —Sonrió de oreja a oreja de un modo enfermizo. Tenía un ojo más pequeño que el otro, los dientes desiguales y, en general, olía a ajo viejo.

Volví a mirar la cadena, sintiéndome incómodo.

—Crewe —dijo con un gruñido—. ¿Me has oído?

Volví a la conversación, todavía completamente confundido. No tenía ni idea de lo que me estaba ocurriendo; sólo podía pensar en London saltando a la pata coja mientras intentaba huir de Bones con la otra pierna rota. La torturaría todos los días, sería incapaz de dormir del miedo que sentiría. Si él no la mataba, moriría de todos modos de un ataque al corazón.

O se suicidaría.

Por primera vez en mi vida, sentí pena en mi corazón.

—Siento que hayas venido todo el camino hasta aquí, pero he cambiado de idea. —No pude dejar de mirar el collar de metal, preguntándome lo pesado que sería en cuanto descansase sobre los hombros de London—. Te compensaré por las molestias.

Bones enarcó una ceja; su furia se encendió bajo su piel.

—¿Es una broma, Crewe?

—Me temo que no. —Chasqueé los dedos—. Finley, ve a por el sobre amarillo del cajón de mi escritorio.

—Ahora mismo, señor. —Finley se fue por el pasillo y desapareció.

—¿Qué ha sido esto, un juego enfermizo? —exigió saber Bones—. No sabía que eras de los estúpidos que hacían esas cosas.

Moví el maletín hacia sus pies, devolviéndole el dinero.

—Nunca ha sido un juego; sencillamente acabo de darme cuenta de cómo podría sacarle provecho a la chica. —Finley regresó con el sobre y me lo entregó—. Pero voy a compensarte con un millón por hacerte perder el tiempo.

Entiendo que eres un hombre ocupado. —Se lo puse en la mano.

Su ira desapareció en cuanto notó el fajo de billetes.

—Seguro que no tendremos rencores. —Era el millón más fácil que ganaría en toda su vida.

Bones se lo entregó a uno de sus secuaces y le pidió sin abrir la boca que lo contase.

Pretendí no ofenderme.

—¿Qué vas a hacer con ella? —preguntó finalmente.

—No estoy seguro. Puede que me la quede para mi propio entretenimiento.

Bones no sonrió, pero ya no parecía tan jovial.

—No puedo culparte. —Cogió el maletín y se lo entregó a uno de sus hombres—. Buenas noches, Crewe. Hasta la próxima.

Lo seguí hasta la puerta.

—Hasta la próxima. —Lo observé salir y regresar al helicóptero al final de la explanada. El cielo estaba cubierto de nubes, y parecía estar a punto de llover. De hecho, seguramente lo haría a mares. Sentí el aire frío en la piel y me pregunté exactamente qué había hecho. Había arriesgado cabrear a uno de mis más grandes aliados, y todo por una mujer. La conversación podía haber salido mucho peor; podría haberme declarado la guerra, hacer de mí un enemigo por hacerle perder el tiempo. No sabía cómo, pero había tenido suerte. De no haberle dado ese dinero, las cosas podrían haber acabado de un modo muy diferente. En lugar de recuperar el dinero que Joseph me debía, había perdido más.

¿Cómo cojones había pasado?

9

LONDON

No podía bajar.

Mis piernas se negaban a moverse; era incapaz de sostener mi propio peso. No había abandonado la cama desde que Crewe se marchó. Las lágrimas iban y venían. Justo cuando paraban, volvían a aparecer otra vez. Sentía un dolor permanente en el pecho que no quería desaparecer.

Consideré el saltar por la ventana e intentar romperme el cuello, pero desde el primer piso no sería suficientemente alto. Crewe parecía ser el tipo de hombre que guardaba armas en la casa, pero no había encontrado ninguna.

¿Cómo se había convertido mi vida en aquello?

El día antes de que me sacasen de la cama en mitad de la noche, acababa de finalizar mi rotación en la planta de cirugía. Mis pacientes me fascinaban; estaba preocupada de verdad por su recuperación y por sus vidas. Había sentido euforia, una subida de adrenalina. Sentía que estaba haciendo algo que tenía significado.

Y ahora estaba allí, a punto de convertirme en una esclava.

Crewe entró en la habitación, con los ojos marrones casi negros por la ira. Me había llamado dos veces, pero seguí sin obedecerlo. No temía su furia, sólo estaba conmocionada por lo que estaba a punto de suceder.

—Tendrás que sacarme a rastras... —Me abracé la cintura y esperé su ataque—. Pero me resistiré hasta el último momento, con gritos y patadas. Y cuando Bones me tenga, haré lo mismo con él.

Crewe se aproximó lentamente, mirándome aún con un ligero desdén.

—Cambio de planes.

Lo miré, con la respiración agitada.

—¿Qué?

—Le he dicho a Bones que se marche; se me ha ocurrido una idea mejor, un castigo mejor.

¿Qué castigo podría ser peor que ser la prisionera de un loco?

—Eres mía... para siempre. —Me miró fijamente, como si me odiase, como si durante la pasada hora le hubiese hecho algo terrible—. Eres mi prisionera, mi esclava. Harás lo que te diga sin tener que pedírtelo más de una vez. Te llevaré colgando del brazo allá donde vaya, para que todo el mundo sepa lo que le he hecho a Joseph Ingram.

Me clavé los brazos en la cintura al agarrarme con fuerza. Parecía que me faltaba una pieza del rompecabezas, porque aquello no cuadraba. Me había acostado voluntariamente con Crewe, obviamente con un motivo ulterior, pero era algo que no habría podido hacer con Bones por mucho que lo intentase. La bilis no hubiese parado de subirme por la garganta. Desde mi punto de vista, que me forzase a hacer todo lo que él quisiera era mucho mejor que irme con el imbécil que me había dejado un ojo morado.

—Jamás volverás a casa. Jamás escaparás. Ésta es tu vida hasta que mueras, o hasta que yo mismo te mate. —Me agarró del cuello, apretando con fuerza—. ¿Me has entendido? —Me cogió de la barbilla cuando no contesté lo bastante rápido, y me forzó a mirarlo—. ¿Me entiendes?

Todo lo que pude sentir fue alivio. Nunca pensé que ser prisionera de Crewe sería una bendición, pero comparado con mi anterior destino, lo aceptaba con los brazos abiertos. Crewe era complicado y siniestro, pero no malvado como aquel otro hombre. Parecía que realmente tenía otra oportunidad en la vida, algo por lo que vivir.

—Sí.

Me liberó la barbilla.

—Pero nunca dejaré de intentar escaparme. Nunca obedeceré tus órdenes. Nunca actuaré como un perro. Lo único que acepto es ser tu prisionera, pero eso no significa que sea una prisionera voluntaria.

Debió ser suficiente, porque se marchó.

Cuando la puerta se cerró, volví a llorar. Pero esta vez fueron lágrimas de alivio; estaba tan agradecida que creí que me iba a explotar el corazón. Era la primera alegría que había tenido desde llegar allí, y a pesar de que resultaba patético sentirse agradecida por algo tan miserable, eso no cambiaba nada.

Las lágrimas siguieron cayendo.

Dormí por primera vez en tres días.

Las pesadillas no me acosaron. Bones no me asaltó, cogiéndome de las tetas mientras echaba la cabeza hacia atrás y reía. No me rompió los huesos ni me persiguió con un bate de béisbol. Sólo soñé con las focas que nadaban a lo largo de la costa, durmiendo sobre las rocas hasta que rodaban por accidente y caían al agua.

A la mañana siguiente, me desperté sintiéndome fresca y agradecida.

Entré en la cocina con el estómago rugiendo; no recordaba la última vez que había comido. No había tenido mucho apetito durante los pasados tres días. Había tenido el estómago lleno de nudos.

Cuando doblé la esquina, vi a Crewe allí de pie. Llevaba una camiseta negra con pantalones cortos de correr del mismo color. Una línea de sudor le manchaba la camiseta alrededor del cuello, sugiriendo que acababa de volver de correr. Estaba bebiendo café y miraba por la ventana, al parecer sumido en sus pensamientos.

Tras acostarme con él, no quise admitir que lo había disfrutado. Era un hombre atractivo, oscuro y misterioso, y aunque mi mente se sentía repelida por él, mi cuerpo no tenía la misma opinión. Era estúpido, pero sentía una ligera debilidad por él. Podría haberme hecho lo que hubiese querido aquella noche. Había tenido toda intención de matarlo, y a pesar de que él lo había sabido, me había dejado ir de todas formas.

No creía que fuera la persona malvada que insistía ser.

Ningún otro hombre hubiese parado. Ya tenía el glande dentro de mí. Me había tenido las manos sujetas a la espalda y agarrada del cuello; no habría podido hacer nada para zafarme.

Pero me dejó ir.

Crewe seguía siendo mi enemigo, así que no podía tenerle cariño. Si alguna vez se me presentaba la oportunidad de escapar, la aprovecharía. Si alguna vez era cuestión de elegir entre él y yo, me elegiría sin pensarlo.

Pero seguía siendo una mujer.

Mi plan había consistido en ablandarlo, hacer que me

desease lo suficiente como para que no me entregase a Bones. Si me convertía en alguien de valor para él, querría quedarse conmigo. No estaba completamente segura de si había funcionado; no había parecido sentir afecto alguno por mí tras acostarnos. De hecho, parecía odiarme incluso más. Su decisión de cambiar el castigo podría haber sido pura coincidencia, tener algo que ver con Bones o con las circunstancias. Nunca lo sabría, porque jamás me lo diría.

Debió verme en el reflejo del cristal, porque me habló.

—¿Has dormido bien?

—Como un tronco.

Dio un trago a su café y continuó mirando por la ventana. No hizo nada más; siguió callado e inmóvil.

Finley emergió de la cocina, vestido con una chaqueta blanca de chef por encima de su camisa y pantalones de vestir.

—Estaba a punto de preparar el desayuno para el señor Donoghue. ¿Le gustaría comer algo, señorita London?

Mi estómago gruñó en respuesta.

—Por favor, comeré lo que sea.

Crewe volvió a beber.

—Me alegro de que por fin hayas cambiado de actitud. La mayoría aprovecharía la oportunidad de tener un chef privado.

Finley ignoró los comentarios de su señor.

—Tendrá que ser más específica, señorita London. Puedo preparar lo que sea. —Me sonrió con cariño, una cálida contradicción con la frialdad de Crewe. Tenía arrugas alrededor de los ojos, pero de algún modo lo hacían más amable. Era la única persona que se comportaba de forma remotamente agradable conmigo.

Debería aprovecharlo más a menudo.

—Comeré lo mismo que el señor Donoghue.

Crewe se dio la vuelta y me miró al fin; tenía el frontal de la camiseta empapado en sudor.

—Llámame Crewe... sólo Crewe. —Me miró intensamente, retándome con la mirada que me atreviera a contradecirlo delante de su mayordomo—. Nada más.

Asentí en silencio.

—Al señor Donoghue le gustan las claras de huevo revueltas acompañadas con verduras de hoja verde a la parrilla —explicó Finley—. ¿Querrá comer lo mismo?

No pude evitar hacer una mueca.

—Puaj, en absoluto. ¿Quién diablos come eso para desayunar?

—Un hombre que tiene este aspecto. —Se pasó la mano por los abdominales duros como piedras, recalcándolos.

Puse los ojos en blanco.

—La arrogancia no es sexy.

—Tengo seguridad en mí mismo —me corrigió.

—La seguridad se mantiene en silencio —repliqué—. Y tú no cierras la boca.

En lugar de enfadarse, arqueó la comisura de los labios a modo de sonrisa.

—Estás mona cuando te haces la listilla.

Enarqué ambas cejas.

—¿Estás ligando conmigo?

—No. Si ligase contigo, estarías ya sobre la mesa de la cocina. —La comisura de su boca siguió formando una sonrisa, pero los ojos le ardían, completamente decididos.

Se me enrojecieron las mejillas; Finley estaba allí mismo, oyéndolo todo.

Finley continuó como si no hubiese oído nada en absoluto.

—Entonces, ¿qué le gustaría, señorita?

—Puedes llamarme London sin más. —El título era innecesario.

—No —me interrumpió Crewe—. La llamarás señorita London.

Finley no objetó.

Pero yo sí.

—Si quiero que se dirijan a mí por mi nombre, se dirigirán a mí por mi nombre.

—En esta casa no —amenazó Crewe—. Soy el dueño de todo lo que hay bajo este techo; incluida tú.

Lo miré con asco.

—Eres una joyita, ¿lo sabías?

—¿Dirías que soy peor que Bones? —replicó—. Porque estaré encantado de entregarte a él si es con quien quieres estar. —Ocultó la sonrisa tomando un sorbo de café.

Ahora sí que lo odiaba.

—¿Qué será, señorita London? —preguntó Finley—. Puedo preparar cualquier cosa, sobre todo exquisiteces norteamericanas.

Pensar en comida me hizo olvidar a Crewe.

—¿Puedes hacer tortitas?

—Las tortitas más esponjosas del mundo —dijo Finley con una sonrisa—. ¿Algo más?

—¿Huevos con beicon? —inquirí esperanzada—. ¿Y una tostada, quizás?

—Por supuesto. Ahora mismo. —Sacó las cosas del frigorífico y empezó a trabajar—. Siéntese y tómese un café.

Me puse cómoda en unas de las sillas a la mesa y cogí la taza con ambas manos, sintiendo su calor.

Crewe continuó apoyado contra la encimera mientras me miraba.

—Qué gran apetito para una sola persona.

—No es tanto cuando no has comido en tres días.

Rió entre dientes de forma casi inaudible y tomó asiento frente a mí a la mesa. Aquella mesa me gustaba más que la otra del comedor, donde me había sentado desnuda y Bones me había cogido las tetas como si ya fuera dueño de mi cuerpo sin haber pagado por él. Crewe se bebió su café y me miró directamente; su mirada era oscura e intimidante. Sentía como si me estuviera desnudando con sólo la expresión de su rostro.

Me negué a sentirme intimidada por aquel hombre. No creía que fuese tan peligroso como decía ser. Nunca me había hecho daño a menos que le diese una razón para ello, y me escuchaba si rogaba lo suficiente. De hecho, me sentía agradecida de estar sentada frente a él ahora mismo, y no con aquel otro hombre.

Finley colocó los platos sobre la mesa.

—Que lo disfruten. —Abandonó la cocina, dándonos privacidad. El plato pequeño de Crewe era ordinario, sólo huevos y verduras.

Eso no era un desayuno.

Eché sirope en mis tortitas y tomé un bocado de beicon, sintiéndolo crujir entre los dientes. Gemí ante el sabor, sin pensar; mi estómago estaba al borde del éxtasis.

Crewe me observó, sonriendo parcialmente.

—Nunca he visto a una mujer comer así.

—¿Cómo? —pregunté—. ¿Como una persona que come comida de verdad? ¿Sólo pasas el tiempo con supermodelos?

Sonrió de oreja a oreja.

—Y ahí está otra vez.

—¿El qué? —Cogí el tenedor y corté los huevos.

—Ese tonillo de celos. —Dejó el café en la mesa y cogió su tenedor.

—¿Qué? —pregunté incrédula—. No estoy celosa.

—Obviamente imaginas el tipo de mujer con el que me acuesto y asumes que deben ser supermodelos. Y tienes razón; nunca he dormido con una mujer que no fuese absolutamente despampanante. —Tomó un bocado y me miró atentamente mientras masticaba; su mandíbula trabajó sin hacer ruido.

Sabía que me estaba lanzando un piropo a propósito, pero me negaba a sentirme alagada.

—La única mujer de la que estoy celosa es Ariel, y sólo porque vuelve a casa todos los días.

—Pero en realidad nunca se va del trabajo. Trabaja mucho desde casa.

—¿Haciendo el qué? —No comprendía del todo a lo que

Crewe se dedicaba. Había dicho que vendía información, pero ¿a qué se refería exactamente? No parecía ser un agente del gobierno de ningún país en particular.

—Muchas cosas. Es el engranaje más importante de mi máquina. —Tomó otro bocado, casi acabándose la comida de lo escasa que había sido—. No sabría qué hacer sin ella.

—Ahora sí que estoy un poco celosa.

Sonrió.

—Lo supuse. Eres de las celosas.

—Tengo celos de que la respetes tanto mientras que a mí no me muestres respeto alguno. —Obviamente, aquel hombre no era tan cerdo como decía ser. Ariel no era una esclava a sus órdenes; era libre de hacer lo que quisiese, y quedaba claro que confiaba en ella.

—¿Por qué iba a mostrarte respeto cuando no te lo has ganado?

—¿Disculpa? —Enarqué las cejas—. Llevo semanas aquí encerrada, y no he tenido un ataque ni he intentado suicidarme. Por supuesto que me merezco algo de respeto.

Bebió café, sin que pareciera importarle lo que acababa de decir.

—Hace falta mucho más que eso para impresionarme, monada.

Quería pedirle que dejase de llamarme así, pero no serviría de nada.

—Entonces, ¿ahora qué? ¿Vas a tenerme aquí encerrada para siempre?

—Entre otras cosas —respondió, sin dar más detalles.

—¿Qué quieres decir con eso?

—¿Qué tal si no te preocupas por esas cosas? —Cortó las verduras de su plato y tomó unos bocados.

—No soy una mentecata. Debes tener alguna idea de lo que harás conmigo. Merezco saberlo.

—Tu sentido del privilegio me confunde. —Masticó lentamente, alargando los segundos entre frases—. Te dije que ahora eras de mi propiedad... indefinidamente. Harás lo que te diga cuando te lo diga. Tu vida ya no es tuya, así que no te mereces nada.

Quise estrangularlo. Justo aquella mañana me había sentido agradecida de que no dejase que Bones me llevara, pero ahora quería matarlo otra vez.

—En cuanto lo aceptes, llegarás a apreciar la oportunidad que se te ha dado.

—¿Oportunidad? —inquirí, casi atragantándome con la palabra—. ¿Consideras que la esclavitud es una oportunidad?

Tragó, moviendo la garganta en el proceso. Tenía la barbilla cubierta de una espesa sombra de barba que le llegaba hasta la garganta.

—Soy uno de los hombres más poderosos del mundo. Soy

más rico que muchos países. Nunca estarás más a salvo ni serás más rica que cuando estés conmigo. Puedes tener cualquier cosa que se te ocurra.

—Eso no me sirve de nada si lo que quiero es libertad.

—La libertad está sobrevalorada —dijo con frialdad—. ¿Crees que pagar un préstamo de estudiante gigantesco sólo para poder recibir una educación es libertad? ¿Crees que pagar una suma ridícula cada año en impuestos mientras te dedicas salvas vidas es libertad? ¿Crees que vivir en un país donde siempre te verán menos cualificada que a un hombre es libertad? —Negó lentamente con la cabeza—. Hay muchas más cosas en la vida, monada. Puedo enseñarte el mundo. Puedo enseñarte cosas que ni siquiera puedes concebir en ese cerebrito tuyo tan inteligente. En lugar de quejarte todo el tiempo, cierra la boca y aprecia lo que tienes justo delante de las narices.

10

CREWE

Ariel entró en mi despacho vestida con pantalones vaqueros y una blusa gris. Tenía un gusto elegante, y siempre elegía ropa que le otorgaba un aire respetable y de belleza. Tenía el pelo recogido en un moño flojo y la sombra de ojos hacía destacar el color azul de éstos.

—¿Ha tenido un cambio de parecer? —Se sentó en la silla que había delante de mi mesa y cruzó las piernas.

Dejé sobre la mesa el documento que estaba leyendo.

—Me di cuenta de que podía tener más utilidad haciendo otras cosas.

—¿De verdad? —Ladeó la cabeza; su hermoso rostro parecía frío como el hielo—. ¿Ha encontrado una venganza mejor que entregarla a uno de los hombres más crueles del mundo? De ser así, me gustaría oír cuál es.

Ariel me conocía desde hacía mucho tiempo, así que era difícil conseguir que algo se le pasara por alto. Su mirada era más aguda que la de un águila. Veía cosas que yacían muy por debajo de la superficie; podía localizar mis emociones antes de que las expresara siquiera.

Era molesto de cojones.

—Si la llevo colgada del brazo, todos sabrán que se la robé a Joseph, y no tengo problema alguno en mostrárselo al puñetero mundo entero. Joseph se verá forzado a no hacer nada, como el cobarde que es.

—¿No me diga? —Descansó los brazos en los reposabrazos—. ¿Y qué pasa con el millón de dólares que le falta?

—Lo recuperaré.

—¿Cómo? —exigió saber.

No me gustaba que me desafiasen, ni siquiera si era ella quien lo hacía.

—¿No tiene trabajo que hacer?

—Sí, mucho. —Se enderezó—. Pero no voy a dejar que mi jefe, el hombre a cargo de lo que tanto he trabajado para crear, se ablande con esa pequeña putita. No me insulte con sus excusas; sé exactamente lo que ha hecho, Crewe. Así que no pretenda tomarme por estúpida.

Su fiereza siempre me sorprendía. De algún modo, intimidaba incluso a los hombres más aterradores. En muchos aspectos, su tolerancia cero hacia las mentiras me recordaba a mi nueva prisionera. Que pudiera jugar a un juego de hombres y ganar siempre me llamaba la atención. Tras verla defenderse contra cinco hombres brutales, le ofrecí un trabajo de inmediato.

—¿En qué demonios está pensando, Crewe? Joseph nos escupió a la cara cuando intentó engañarnos, ¿y ésta es su represalia? ¿Así es como solucionamos ahora nuestros problemas?

—Ya es suficiente. —Levanté la mano, silenciándola. Ariel era una de las pocas personas que podía decirme mentiroso a la cara, pero no permitiría que siguiera insultándome—. Cuando Bones apareció con esa cadena y collar, cambié de idea. Sabía lo que iba a hacerle, y no pude continuar con ello. No me estoy ablandando, ¿de acuerdo? Mantenerla como mi prisionera personal será suficiente. Joseph sabrá exactamente lo que hago con ella cada noche; sin duda eso le provocará pesadillas.

Ariel apretó los labios, molesta, pero no volvió a insultarme.

—¿Le ha cogido cariño o algo parecido?

—Absolutamente no. —Su inteligencia y rapidez mental me resultaban entretenidas, pero eso era todo. Era una mocosa malcriada que creía que siempre podía salirse con la suya. No era más que una cara bonita y un cuerpo voluptuoso; nada más.

Ariel entrecerró los ojos, como si estuviese viendo algo en mi expresión.

—¿Se la ha follado?

Mentir no formaba parte de mi naturaleza. Podía retorcer la verdad en ocasiones, pero cuando me preguntaban algo directamente, no había lugar para ello. Así que no dije nada; fue tan válido como admitir mi culpabilidad.

Ariel ocultó su descontento ante las nuevas noticias.

—No podría importarme menos que quiera acostarse con su prisionera, pero no deje que sea más que eso.

—No lo es.

—Está claro que sí lo es, si ha cambiado de parecer sobre lo de Bones. Es usted uno de los hombres más duros que he conocido. Jamás le he visto reconsiderar un castigo, por muy cruel que éste fuera. No cambie; admiro su frialdad, y no quiero que desaparezca.

—No lo hará. No tiene de qué preocuparse.

Por fin lo dejó estar.

—¿Qué va a hacer con ella, pues?

—Ya se lo he dicho.

—Cuando no haga acto de presencia como su esclava.

—Me servirá en mi tiempo libre. —Discutir mi vida sexual con Ariel no me molestaba. Parecía como si estuviese hablando con uno de los chicos, alguien que entendía mi apetito sexual sin juzgarme por ello. Ella apenas hablaba del suyo, pero eso era porque no tenía mucho tiempo para citas con su trabajo—. Será suficiente castigo.

—Creí que ya se había acostado con ella.

—Me sedujo en un intento de manipularme y que no la entregase a Bones.

Me fulminó con la mirada.

—Y no funcionó. Cambié de idea por razones propias. El sexo no tuvo nada que ver.

—¿Espera que me lo crea?

—Sí, si quiere conservar su trabajo.

Ariel puso los ojos en blanco y se levantó.

—Este sitio se caería a pedazos sin mí, y usted lo sabe. —Fue a la puerta, rezumando gracia con su modo de moverse. Era una mujer hermosa, pero al mismo tiempo encajaba con los chicos.

Sonreí cuando me dio la espalda.

—No, no se caería a pedazos. Finley la reemplazaría.

Se rió y se dio la vuelta.

—¿Y qué va a hacer? ¿Solucionar todos los problemas cocinando?

Me encogí de hombros.

—Podría cocinar personas. He visto cómo lo hacían.

Continuó riendo mientras se marchaba.

—Será mejor me ponga las pilas. Estoy a punto de ser reemplazada.

LONDON PASABA LA MAYOR PARTE DEL TIEMPO FUERA. Caminaba por la isla con sus binoculares y exploraba, observando la vida salvaje y examinando las plantas indígenas que eran nativas de las islas Shetland. Incluso en los días más fríos, salía durante la mayor parte de la tarde. Sólo se quedaba en la casa cuando llovía.

Yo había estado ocupado trabajando, así que no le prestaba mucha atención. A veces sus comentarios abrasivos me molestaban, su actitud de sabelotodo me atacaba los nervios. Incluso a pesar de llevar allí un mes, no se había acostumbrado a su nueva vida. Tenía la ridícula idea de que acabaría escapando.

Me había parecido que, llegados a aquellas alturas, ya se habría desmoronado; iba a ser un desafío.

En fin, me gustaban los desafíos.

Estaba sentado en la sala de estar, leyendo un libro mientras el fuego crepitaba en la chimenea. Había una televisión montada en el viejo muro de piedra, pero apenas la encendía. La televisión y las películas me aburrían; contar una historia en un tiempo tan corto y apresurado siempre diluía su poder. Pero con un libro nunca había final.

London anunció su presencia con sus pasos ligeros. Se sentó en el otro sofá, vestida con leggings negros y un jersey rosa. Dunbar le había traído ropa al volver a la isla, prendas que se le pegaba perfectamente a sus curvas. Llevaba el pelo recogido en una cola de caballo, y no dejé de imaginarme aferrándola entre los dedos mientras le metía el miembro en la boca con fuerza. Ahora que ya habían pasado varios días, estaba impaciente por tirármela otra vez. Tenía un rostro naturalmente hermoso sin esforzarse siquiera. Sus ojos verdes brillaban como esmeraldas en un cofre del tesoro. Su piel clara se había enrojecido fácilmente bajo la palma de mis manos. Me pregunté si su culo tendría la misma reacción.

Mantuve el libro abierto sobre el regazo.

—¿Puedo ayudarte en algo?

—¿Es que no tengo permitido sentarme aquí? —preguntó como la listilla que era—. Creía que toda la casa estaba a mi disposición.

Cada vez que me replicaba me daban ganas de abofetearla y matarla a polvos. Había algo en ella que me ponía muchísimo. Normalmente, si alguien me desobedecía la persona en cuestión era ejecutada. Necesitaba control y poder cada segundo del día, y en las raras ocasiones en que no lo conseguía, me embargaba la furia. Pero con ella sólo hacía crecer mi atracción. Ya la había poseído una vez, y mi sexo siempre se endurecía al recordarlo. No sólo era buena en la cama; besaba de un modo increíble.

—Cierra la boca o te meteré la polla en ella y te haré callar a la fuerza. —No era una amenaza vacía; cualquier excusa para usar su boca era buena.

Entrecerró los ojos, pero no dijo una palabra más.

Volví a mi libro, ignorando su presencia en el otro sofá a pesar de lo duro que estaba. Aunque era un hombre sexual, no estaba obsesionado con las mujeres. Iban y venían, me hacían sentir placer y luego desaparecían. Hacía falta mucho para atrapar toda mi atención. Y ya que tenía treinta y dos años y no había pasado nunca, tenía asumido que jamás pasaría.

Pero London me hacía repensarlo.

—Nunca te veo beber nada que no sea whisky y café.

No aparté la vista de la página.

—Porque todo lo demás sabe a mierda.

—¿Incluso el agua? —preguntó incrédula.

—Orín absoluto.

—¿Te gusta el vino?

Por fin cerré el libro, sabiendo que aquella conversación no iba a terminar.

—¿A qué viene tanta pregunta, monada?

Se puso roja, molesta por el mote, pero no se molestó en corregirme.

—No he hablado con nadie en tres días. Estoy aburrida y me siento sola.

—Si te sientes sola, puedo arreglarlo. —La miré con los ojos cargados de significado, diciéndole exactamente lo que podía hacer para hacerla sentir menos sola. Quería repetir la acción que ya habíamos tenido, el sexo increíble que me había hecho explotar.

Puso los ojos en blanco al oír mi oferta.

—Paso.

—La última vez pareciste disfrutarlo.

—Estaba fingiendo.

Se me escapó una risotada del pecho.

—Ya, claro...

—Es verdad —insistió.

—Tu boca puede mentir, pero tu coño no. Hice que te corrieras, y lo sabes.

Sus mejillas se tiñeron de rojo, mostrando su vergüenza. No volvió a negarlo; sabía que la haría quedar peor.

—Y puedo volver a hacerlo... —Bebí de mi vaso de escocés, sintiendo los cubitos contra los labios.

—No, gracias. —Se cruzó de brazos sobre el pecho y miró hacia el fuego, evitando hacer contacto visual conmigo.

Percibí la duda y la falta de convicción en su voz.

Pasaron los minutos pasaron, y ninguno de los dos dijo nada. Volví a llenarme el vaso de whisky y le serví uno. Lo dejé en la mesita de café que tenía delante.

—¿Te gusta el escocés?

—No bebo mucho. Algo de vino de vez en cuando... —Se aferró desesperada al nuevo tema de conversación, agradeciendo que la incómoda charla de antes hubiese terminado oficialmente.

—Pruébalo.

No objetó, y tomó un trago. No puso cara de asco ni le costó tragar. El líquido ambarino le bajó por la garganta, directo al estómago. Me imaginé vertiendo el escocés sobre su vientre y lamiéndolo después. Dejó el vaso de nuevo en la mesa, ahora ya medio vacío.

—No está mal.

—¿Que no está mal? —repetí riendo—. Es el escocés más suave que beberás mientras vivas.

—¿Eres un aficionado?

—Algo así. —Me volví hacia el fuego, observando como las llamas bailaban y crujían. La vida en la isla Fair era un descanso bienvenido del resto del mundo, de las tonterías y el ruido, y disfrutaba de mi soledad más de lo que lo haría una persona al uso. London era obviamente diferente, pero ya se acostumbraría—. ¿Qué estarías haciendo ahora si estuvieses en casa? —La pregunta salió de la nada; mi interés en aquella mujer era inapropiado.

—Estudiar, seguramente —dijo mirando el fuego—. Por cierto, alguien estará buscándome. Nunca he faltado un día a clase, y tengo muchos amigos que me buscarán por todas partes. Es cuestión de tiempo hasta que la policía o Joseph me localicen.

Casi me sentí mal por pisotear sus ilusiones.

—Les deseó mucha suerte. —Tomé un trago, dejando que el fuego me bajase por la garganta. Me acerqué el frío cristal a la sien, dejando que su temperatura curase la ligera migraña que me latía tras los ojos.

London debió reconocer mi tono de voz, porque soltó un suspiro.

—No me encontrarán nunca, ¿verdad?

—Digamos que me sorprendería mucho que lo hiciesen. —Mi persona era ilocalizable. Y si no lo era, la mayoría de los gobiernos me tenían demasiado miedo como para atacar en respuesta. Era más sencillo mirar hacia otro lado cuando se trataba de mis delitos menores, que arriesgarse a una guerra abierta.

La voz de London se fue apagando.

—Ya han pasado cuatro semanas... Creí que, a estas alturas,

Joseph ya habría intentado venir a por mí. Supongo que no lo hará...

Una parte de mí quiso decirle la verdad: que había amenazado con matarla si su hermano intentaba rescatarla. Pero otra parte de mí quería esconder esa información y hacerle perder toda esperanza. Se conformaría y obedecería más rápidamente.

—Este lugar se convertirá en tu hogar, monada. No será tan malo como crees.

—Eso es fácil de decir para ti. ¿Cómo te sentirías si te secuestrase y te forzase a vivir conmigo?

Sonreí al pensar en esa fantasía.

—Creo que sería bastante divertido, la verdad.

Suspiró, molesta.

—¿Piensas en algo que no sea sexo?

—Cuando estoy cerca de ti, no. —Dejé el vaso sobre la mesa y me cambié a su sofá. Me senté a su lado, peligrosamente cerca, y eché el brazo encima del respaldo, dejando la mano sobre su nuca. London cogió aire abruptamente en respuesta a mi inesperada hostilidad. Bajé la mano hacia uno de sus tonificados muslos y lo apreté con cuidado. Moví los labios contra su oreja y dejé escapar una bocanada de aliento cálido, obviamente excitado por el modo en que la había arrinconado contra el reposabrazos del sofá. Quería follarla allí mismo, en aquel justo momento, sin importar si Finley entraba—. No pienso en nada más. —Le besé el cartílago de la oreja y fui bajando lentamente los besos hacia su cuello, saboreando y chupando su carne. Los labios me dolían, ansiando más, sintiendo fuego cada vez que la tocaba. Subí la mano por su muslo y oí como se le agitaba la respiración mientras la tocaba. Sentí su excitación.

Levantó ligeramente la barbilla y me enterró la mano en el pelo. Unos jadeos casi silenciosos se le escaparon de entre los labios a medida que su deseo burbujeaba hacia la superficie. Su olor me embargó; estaba compuesto por flores y el aroma del verano.

La tumbé en el sofá, colocándome sobre ella mientras mis labios se posaban sobre los suyos. Juntamos los labios, y los movimos con un claro propósito en mente. Antes de que mi lengua pudiera entrar en su boca, la suya entró en la mía. Posó las manos en mis hombros y las bajó por mi espalda; nuestra sesión se caldeaba más a cada segundo que pasaba.

Mi erección estaba apretada contra la pretina de mi pantalón, impaciente por estar dentro de aquella estrecha vagina. Tendría que organizar una inyección para London en cuanto acabáramos con el sexo, así podría correrme dentro de ella todo lo que quisiera. Hacerlo sobre sus tetas sería suficiente para aquella noche.

No rompí el beso mientras me desabotonaba los pantalones con una mano. Tenía que liberar mi miembro. Se formó una gota en la punta, mojándome los bóxers. El sexo de London seguramente estaba igual de húmedo, desesperado por sentir mi hombría endurecida.

Pero entonces ella detuvo el beso.

—No. —Me quitó de encima y bajó del sofá, cayendo de rodillas antes de ponerse otra vez en pie.

Mi furia emergió de inmediato. Nadie me decía que no.

Jamás.

—¿Qué crees que estás haciendo? —susurré—. Vuelve aquí. Ahora. —Si me desafiaba, no tendría problema en sujetarla boca abajo con el culo en el aire.

—No. —Cruzó los brazos sobre el pecho, como si estuviese desnuda y quisiera esconderse de mi vista—. Sólo me acosté contigo para salvarme. No voy a volver a hacerlo.

—Pues pareciste disfrutarlo mucho.

—Tanto si lo hice como si no, no quiero repetirlo. —Se dio la vuelta para marcharse.

Me puse de pie en un instante, la agarré del cuello y la lancé al sofá.

—No hay lugar donde huir, ni donde esconderse. Siempre consigo lo que quiero; acéptalo. Pero si te resistes, no me importará. En todo caso me pondrás más caliente. —Tiré de la parte trasera de sus leggings y se los quité, revelando su trasero firme.

London intentó quitarme de encima.

—No necesito correr ni esconderme. No lo harás.

Solté una risotada oscura.

—No me conoces muy bien.

—Sí que te conozco. —Continuó luchando—. Puede que hagas cosas malas, pero sé que no harás esto. Sé que, si te pido que pares, lo harás. No te tengo miedo. —Me miró fijamente por encima del hombro, increíblemente sexy con los leggings por los tobillos y la coleta deshecha—. ¿Me has oído, Crewe? No te tengo miedo. Quítate de encima para que pueda irme a dormir.

La fulminé con la mirada, endureciendo mi expresión. No aparté mi peso de encima de ella, pero tampoco seguí adelante. Sus palabras me cabrearon y me placaron a la vez. Estaba viendo a través de mí, y quería demostrarle que se equivocaba. Pero tenía razón: no creía poder hacerlo. Hacía cosas terribles a diario, traicionaba la confianza de la gente y asesinaba a hombres que se lo merecían. Pero no, nunca había forzado a una mujer, a pesar de que ahora me sentía con el derecho a hacerlo.

London me deseaba

Si le metía los dedos, acabaría con ellos mojados. No podría besarme así si no sintiera la misma atracción. Me deseaba.

Pero había dicho que no.

Mi cuerpo obedeció su orden y me quité de encima, con el miembro todavía duro dentro de los pantalones desabotonados.

London se subió los leggings y se levantó del sofá. Se alejó, de manera que los muebles quedasen entre nosotros. No se regodeó, ni parecía aliviada en lo más mínimo. De hecho, sus sentimientos eran un misterio.

—¿Sabes lo que creo? —susurró—. Que no eres tan malo como dices. Creo que tienes un corazón por ahí dentro, enterrado en lo más profundo de ti.

—Oh, soy malo, créeme. —Sólo porque no la forzara a acostarse conmigo no quería decir que fuera una buena persona. Cometía suficientes crímenes a diario. Había matado a hombres sólo por interponerse en mi camino—. Y no tengo corazón.

—Te estás marcando un farol y lo veo, Crewe —dijo con confianza—. No sé quién eres, pero estoy empezando a descubrirlo.

Me quedaban cosas que decir, pero mantuve la boca cerrada. Conseguir mujeres nunca me había costado demasiado; todo lo que hacía era sacar a la luz mi carisma, invitarlas a unas cuantas copas y normalmente acababan entre mis sábanas en menos de una hora. Nunca había tenido que recurrir a la fuerza para mojar. Pero bueno, tampoco había conocido antes a una mujer que deseara tanto y que no me deseara.

—Monada, no te va a gustar nada lo que vas a encontrar.

LONDON

No conocía bien a Crewe, pero al menos ahora sabía que estaba a salvo. Uno de mis mayores miedos como mujer era ser violada. Era un acto siniestro y sucio, uno que marcaba la mente y el cuerpo permanentemente. No importaba cuántas duchas pudiese darme, el pasado nunca desaparecería.

Pero Crewe jamás me haría eso.

Cuando me acosté con él por primera vez, no sabía qué otra cosa hacer. Le había dado una razón para conservarme, una conexión que le haría sentir algo de cariño por mí. Si la comida no era una opción, el otro camino hacia el corazón de un hombre era el sexo.

Así que hice lo que tenía que hacer.

Pero fue mi elección. Yo había tenido todo el poder y el

control. Me sentía atraída hacia él, así que lo disfruté. Pero a pesar de mi repetida atracción, seguía siendo el hombre que me mantenía cautiva. No me iba a acostar con alguien que me respetaba tan poco como ser humano. No sabía qué iba a hacer conmigo, pero no iba a ser su puta.

En absoluto.

No vi mucho a Crewe durante los días siguientes. Se quedaba en su despacho o trabajaba con Ariel mientras yo me quedaba fuera. Cuando estaba bajo el cielo no me sentía tan atrapada. El sol me calentaba la piel como a todo el mundo, y aquello me hacía sentir conectada con los amigos que había dejado atrás.

Me sentía revitalizada explorando la isla y sus criaturas. Me hacía olvidar mis circunstancias actuales, que vivía en una prisión. Cuando la corriente me acariciaba la piel y el sol me calentaba la nariz, sentía por fin algo de alegría.

El helicóptero aterrizó en la explanada a medio día, con las hélices girando cada vez más lentamente hasta que al final pararon del todo. Miré de reojo el aparato negro y me pregunté si podría averiguar cómo se usaba. Si tuviese acceso a internet, podría aprender por mí misma en unos meses, pero Crewe se había asegurado de que no pudiese acceder a nada.

Bastardo.

Uno de sus secuaces, Dunbar, se me acercó en el precipicio, vestido con vaqueros negros y con una pistola sujeta a la cadera.

No confiaba en él: era impredecible e imposible de leer. Podía leer algunas emociones en Crewe, pero con aquel tío era como si llevase una máscara.

Paró a un metro y medio de mí.

—Ven dentro.

—Tú no me das órdenes. —Podía estar allí sentada todo el tiempo que quisiese.

Se me acercó más y me cogió del cuello, apretándome con tanta fuerza que no pude respirar. Crewe me había agarrado de aquel modo docenas de veces, pero nunca había apretado así. Sus toques siempre constituían un aviso, pero no cargaban con una amenaza inminente.

Intenté darle una patada a Dunbar, pero tenía las piernas demasiado cortas.

Dunbar me observó el rostro hasta que empezó a ponerse azul.

—Si no quieres asfixiarte, te sugiero que me hagas caso. —Acercó la cara a la mía—. ¿Lo pillas?

Asentí, desesperada por aire.

Me soltó y se apartó.

—Arriba.

Me aferré el cuello y cogí aire. Tenía la garganta irritada, lo que me provocó arcadas sobre el suelo, asfixiándome a pesar de que ya no me tenía agarrada. Cada vez que cogía aire tenía que volver a toser.

—He dicho que te levantes. —Me dio una patada en el costado, golpeándome en las costillas.

Me caí y me aferré el costado mientras tosía. No grité de dolor, negándome a darle la satisfacción. De todas formas, no podía proferir sonido; me era imposible parar de toser.

Cuando no me levanté, volvió a arremeter contra mí.

—Dunbar. —Aquella voz autoritaria surgió de detrás de mí, dominante.

Dunbar retrocedió, dejando las manos a cada lado del cuerpo.

—Sólo intentaba que la zorra se levantase.

—Yo me encargo de ella. —Crewe apareció sobre mí, con un traje gris y corbata negra—. Prepara el helicóptero. —Lo despidió con una mirada fría.

Dunbar debió de saber que había hecho algo malo, porque se marchó sin decir palabra.

Cuando estuvo a unos metros de distancia, Crewe se volvió hacia él.

—Dunbar.

Éste se dio la vuelta, mirando a su jefe a los ojos.

—No vuelvas a tocarla de esa forma. —No levantó la voz,

pero era imposible ignorar la amenaza implícita en sus palabras.

Incluso yo me asusté un poco.

Dunbar asintió.

—Me disculpo, señor. Sólo intentaba...

—Si tienes algún problema con ella, acude a mí. Puedes retirarte.

Dunbar cerró la boca y se marchó, siguiendo sus órdenes con los hombros tensos.

Crewe se arrodilló y me examinó, tocándome el costado.

—No tienes costillas rotas. Sólo están magulladas.

—¿Y se supone que tengo que estar agradecida? —Me senté y me masajeé el cuello.

Posó los dedos sobre mi barbilla y me movió ligeramente la cabeza, echándole un vistazo a mi cuello.

—Te pondrás bien.

—Lo sé —dije en tono defensivo—. No he dicho que no fuera a hacerlo. —Crewe sólo me estaba ayudando, pero estaba enfadada con él. Para empezar, estaba enfadada por permitir que un hombre fuera tan desconsiderado conmigo. Debería haber luchado más. Debería haberle roto la nariz a Dunbar nada más tocarme. Pero desde mi posición en el suelo, había resultado imposible.

—A veces me recuerdas a mí mismo. —Apartó los dedos, observándome con la misma expresión de enfado que le había dedicado a Dunbar—. Odiamos mostrar debilidad ante nadie.

—No soy débil... —Me masajeé la garganta y volví a toser.

—Nunca he dicho que lo fueses. —Se puso en pie y me tendió la mano—. Y ahora levanta. Si haces que vuelva a repetirlo, seré peor que Dunbar.

Ahora sí que estaba furiosa.

—Acabas de amonestarlo por hacerme daño, ¿y vas a ser todavía peor que él? —No tenía sentido alguno.

—Eres de mi propiedad —dijo en voz baja—. Soy el único que puede castigarte. Es igual que con un niño; sólo sus padres deberían castigarlo. Y ahora levanta el culo, o te arrastraré a la casa por el pelo. ¿Qué eliges?

Sabía que esta vez hablaba en serio. No tenía problemas a la hora de abofetearme o cogerme del cuello. Había ciertos límites que no cruzaría, pero había muchos otros que sí. Me puse en pie y me aclaré la garganta, sintiendo todavía el escozor del agarre helado de Dunbar.

Crewe se apartó, satisfecho con mi obediencia.

—Finley te preparará un té.

Crucé los brazos sobre el pecho mientras caminaba a su lado.

—¿Por qué me quieres de vuelta en la casa?

—Nos vamos a Glasgow. Tengo negocios que resolver.

Me paré en seco.

—¿Voy contigo?

—Sí.

Iba a salir de aquella isla. En cuanto estuviésemos en Escocia, podría escaparme. Tenía que haber una embajada o una comisaría que pudiese ayudarme. Aunque me encontrase en otro país, seguía siendo una víctima de secuestro, y estaban obligados a ayudarme.

Crewe leyó la expresión de mis ojos.

—No vas a escapar, monada. Puedes intentarlo, pero ten esto en mente: si fallas, habrá consecuencias. —Me fulminó con sus ojos color moca; su voz rebosaba amenaza—. No te diré cuáles son; dejaré que tu imaginación haga su trabajo.

Mis brazos se apretaron más en torno a mi cuerpo y un escalofrío me bajó por la espalda. A pesar del tono de su voz, seguía convencida; si no huía cuando tuviese la oportunidad, lo lamentaría durante el resto de mi vida. Aunque me diera tal paliza que me dejase sangrando, habría valido la pena.

Sólo tenía que ser inteligente... y correr como el viento.

Crewe continuó andando; su traje enmarcaba aquel cuerpo musculoso. Ahora que lo había visto desnudo, sabía lo que había bajo la tela cortada a medida. Estaba lleno de músculos, contaba con una constitución esbelta y tonificada, y me había encantado enterrar las uñas en ella. Mis sentimientos por él eran contradictorios: seguía sintiéndome atraída por él, me ponía a tono por él, pero al mismo tiempo lo despreciaba.

¿Cómo era posible?

Entramos en la casa y vi las maletas junto a la puerta.

—He preparado el equipaje para varios días —me comunicó Finley—. Dunbar le comprará más ropa en Glasgow si la necesita.

—Gracias, Finley. —Era la única persona en aquella casa que me hacía sonreír.

—Finley —dijo Crewe con su tono de voz autoritario—. Hazle a la señorita London un té con limón, por favor. Tiene la garganta dolorida.

—Por supuesto —contestó Finley—. ¿Con leche?

—Solo —dijo Crewe, recordando cómo me gustaba el café.

Finley se puso a trabajar en la cocina mientras Dunbar recogía las maletas y lo llevaba todo al helicóptero negro. Sonó el teléfono móvil de Crewe, por lo que fue a la sala de estar para responder, hablando en voz baja para evitar que nadie pudiese oírlo desde otra habitación.

Finley me entregó un vaso de plástico con una tapa.

—Aquí tiene.

—Gracias. —Sentí el calor a través del plástico y supe que estaba demasiado caliente para beberlo.

Finley comprobó que Crewe seguía todavía en la otra habitación antes de hablar.

—El señor Donoghue no es exactamente lo que parece. La vida no siempre ha estado de su lado —susurró.

Miré a Finley y olvidé que tenía el té entre las manos.

—¿Qué quieres decir?

Finley tenía una expresión de culpa en la cara, como si supiese que había hablado demasiado.

—Ha tenido una vida dura, señorita London. Tiene muchas vendettas abiertas, mucha amargura dentro de sí. Intenta convencerse de que es tan malvado como sus enemigos, pero nunca lo es. Tiene mucha compasión que intenta esconder.

—¿Qué le pasó...? —Me quedé callada cuando Crewe volvió, habiendo finalizado la llamada. Intenté cubrir la conversación para que no fuese obvio que estábamos hablando de él—. Gracias por el té, Finley.

—Es un placer, señorita London. —Hizo una ligera reverencia antes de marcharse.

Crewe se acercó, con el descontento escrito en el rostro. De repente me agarró la muñeca y me la apretó, autoritario; no fue como lo había hecho Dunbar, con pura violencia. Me llevó hacia el helicóptero.

—No metas las narices donde no te llaman. —Dejó de andar y me pegó más a su pecho. No dejó de agarrarme la muñeca en ningún momento, y su rostro estaba lo bastante cerca como para besarlo—. ¿Entendido?

No lo corregí diciéndole que Finley había sido el primero en mencionar su pasado; no quería que el dulce anciano se enfrentara a la ira de Crewe.

—No tiene nada de malo querer saber más del hombre que me ha secuestrado.

Su mano subió hasta mi cuello; tenía los labios prácticamente sobre los míos.

Un ramalazo de excitación me subió por el cuerpo, que reaccionó inmediatamente a él de un modo carnal. Su fuerza, su poder, tenían algo que me atraía. No soportaba las idioteces, y era raro encontrar a un hombre con tanto las agallas como el miembro hechos de acero.

—¿Me has entendido? —No apretó, negándose a hacerme daño de verdad. Ahora que había tratado con hombres peores, me di cuenta de que realmente estaba más segura con Crewe que con ningún otro. Al principio creía que sus toques eran bruscos, pero en realidad eran amables. Estaban llenos de lujuria, no de odio.

—Sí. —Obedecí por voluntad propia; no quería empeorar su estado de ánimo. Podía manejar a aquella versión de él, la que era silenciosa y amenazante. Si no lo retaba más de lo necesario, jamás me causaría dolor.

—Sí, *señor*.

A eso sí que no iba a rebajarme.

—Tienes suerte de haberme sacado un sí. No sigas tentándola.

Sus ojos cambiaron mientras miraba los míos. El helicóptero cobró vida de fondo; la hélice ronroneó y se levantó viento. Su mano no abandonó mi cuello en ningún momento mientras me miraba. Me acarició la piel suave con el pulgar. En lugar de enfadarse por mi desobediencia, pareció ablandarse.

Se inclinó hacia mí y eliminó la distancia que nos separaba, besándome con fuerza en la boca. Su mano libre se enterró en mi pelo, agarrando los mechones mientras sus labios seguían presionados contra los míos.

No me aparté. Me gustó.

Quería que lo obedeciera, y se enfadaba cuando no lo hacía, pero parecía respetarme más cuando no me dejaba intimidar. Eran dos rasgos contradictorios en un mismo hombre; no tenían sentido.

El beso duró varios segundos, pero parecieron una eternidad. Después se apartó, y sus labios suaves dejaron de calentar los míos. Me miró por última vez antes de agarrarme de la mano y tirar de mí hacia el helicóptero.

—Vamos, monada.

GLASGOW ERA UNA CIUDAD GRANDE UBICADA EN LA región oeste, conectada con un ancho río que se extendía hasta la costa. En cuanto aterrizamos en la pista de aterrizaje, noté la intrincada arquitectura de todos los edificios. Eran de estilo victoriano, y quitaban la respiración. Parecía que hubiese entrado en el siglo XVIII, sólo que con automóviles de fondo.

Nada más aterrizar, los hombres de Crewe nos saludaron en la pista, todos ellos cargando con pistolas enfundadas. Iban vestidos con vaqueros y ropa oscura, y parecían un equipo de los SWAT de incógnito. Nos escoltaron hasta la parte trasera de una limusina con ventanas tintadas, y conducimos por la ciudad.

Crewe miró por la ventanilla; tenía las rodillas muy separadas, y los dedos sobre los labios. Recordé cómo era estar en su regazo, sentarme a horcajadas en esas caderas y tomar su impresionante sexo. Era el más grande que me había penetrado nunca, y me había sentido realmente como una virgen al acostarme con él. No estaba acostumbrada a tener sexo con un hombre semejante.

Recorrimos las autopistas hasta salir del centro de la ciudad, avanzando entre la vegetación y los árboles hasta acercarnos a un castillo gris hecho de antiquísimos bloques de piedra.

Apenas podía creer lo que veía.

—¿Vamos allí? —inquirí, sintiéndome idiota por

preguntarlo. No había ningún otro destino a la vista. No había otro sitio al que ir.

Crewe siguió mirando por la ventanilla.

—Sí.

—¿No es propiedad del gobierno?

—No.

Miré aquel enorme trozo de historia conforme nos acercábamos, dándome cuenta de que era diez veces más grande que una mansión normal. La fortificación era indestructible; se había mantenido firme durante cientos de años a pesar del peso del tiempo.

—¿Es tuyo?

—Sí.

Sabía que era rico, pero ¿quién diablos podía permitirse un castillo?

—Este lugar debe de haber costado una fortuna.

—A mí no me costó nada. Soy descendiente de la Casa de Alpin.

Para qué mentir, no sabía una mierda de historia mundial.

—Perdona, no sé qué significa...

—Mi linaje proviene de la realeza. Mis ancestros solían gobernar Escocia. Soy el último descendiente vivo de la casa y, por lo tanto, es mío.

Me quedé con la boca abierta de la sorpresa. Sabía que quedaban algunas familias reales en el mundo, como en Inglaterra y en otros sitios, pero nunca creí que conocería a uno de los descendientes de una de ellas.

—Guau... Es increíble.

Crewe se encogió de hombros como si apenas fuese de interés.

—No lo digo con ánimo de ofender, pero... no pareces escocés.

—¿Porque no soy pelirrojo? —preguntó con una voz llena de aburrimiento—. ¿Porque no tengo pecas ni los ojos azules? Se llama evolución, monada. Supuse que sabrías lo que es, ya que eres aspirante a doctora...

—No tienes que comportarte como un idiota —espeté—. Una cosa es ser escocés y no parecerlo, y otra ser de sangre real y no actuar como tal. Como he dicho, no tenía ánimo de ofender.

El coche se acercó a la casa, aparcando en la impresionante glorieta que había a lo largo de la entrada de vehículos.

—No puedo creer lo bonito que es...

—Espera hasta que veas el interior. —El coche se detuvo y el conductor le abrió la puerta a Crewe.

Éste me cogió de la mano y me ayudó a salir, bajándola a mi cintura en cuanto estuve de pie. Observé los altos muros y los senderos del exterior del castillo; sentía como si hubiera viajado atrás en el tiempo, como si estuviese en otro mundo.

Ignoré su mano en mi cintura mientras asimilaba aquella vista espectacular. No había visto algo así en mi vida, y ser testigo de todo ello con un hombre que descendía de aquella misma historia resultaba incluso más increíble.

—¿Tuviste que renovarlo?

—Un poco. Pero en su mayor parte se ha mantenido muy bien. —Crewe ojeó los coches restantes mientras aparcaban; el resto de su gente. Descansó la mano en la parte superior de mis caderas, rodeándome la cintura con los dedos.

—¿Por qué me tocas así? —pregunté, mirándolo.

—Para que mis hombres entiendan que no estás disponible. Salvo que quieras que piensen que eres una puta a disposición de todos. —Dejó caer la mano y se unió a sus hombres, dejándome atrás.

Desde luego, no quería que pensasen tal cosa, pero se lo diría yo misma. Con los puños, si se llegaba a eso.

Nos acercamos a la entrada del castillo, deteniéndonos delante de dos grandes puertas de madera que medían al menos tres metros. Entramos a un vestíbulo histórico que exhibía un techo abovedado con una chimenea de enormes proporciones en el muro del fondo. El mobiliario era de estilo victoriano, a juego con la arquitectura del castillo. Dos escalinatas diferentes iban en direcciones opuestas, y la gran alfombra del suelo era de color borgoña oscuro, con un león en el centro.

—¿Dónde dejamos las cosas de la chica? —preguntó Dunbar, sosteniendo una de mis maletas.

—Tengo nombre —siseé—. London, y lo sabes.

Miró fijamente a Crewe, conteniendo su ira y pidiendo permiso en silencio para abofetearme.

—En mis aposentos —ordenó Crewe.

—Eh, un momento. —Me acerqué a él para que pudiésemos tener algo de privacidad—. No voy a dormir contigo.

—¿De verdad crees que voy a perderte de vista? —Frunció el ceño—. Ni hablar.

No sabía qué más decir, así que me repetí.

—No voy a dormir contigo. Ni siquiera quieres que lo haga.

Acercó su rostro al mío; sus labios quedaron a meros centímetros.

—Puede que no peguemos ojo.

***

SUS APOSENTOS ERAN DE OTRA ÉPOCA. LA CAMA ERA más grande que cualquier cama *king* que hubiese visto, la chimenea tenía unas proporciones mayores a la de una televisión plana de 70 pulgadas, y la madera de los muebles y cómodas parecían ser reliquias del antiguo castillo restauradas.

Mientras Crewe trabajaba en el piso de abajo con sus hombres en una de las salitas, yo me quedé en el dormitorio, que tenía su propia sala de estar, un balcón privado, un vestidor, un baño totalmente reformado y otra salita, a saber para qué. Era más grande que la mayoría de las casas.

Se me puso la piel de gallina en cuanto me senté a los pies de la cama y me aferré al poste de ésta. ¿Era aquella la misma estructura en la que había dormido el último rey? ¿Qué más había en aquel castillo que hubiese vivido más vidas de las que yo llegaría a presenciar? Su importancia histórica me aturdió, y eso ya era decir, porque nunca me había importado la historia. Pero podía apreciar algo que tenía doscientos años de antigüedad.

Me preparé para dormir y me puse la camisa más grande y los pantalones de deporte más feos que pude encontrar. Toda la ropa que Crewe me había comprado era femenina y apretada; demasiado sexy. Así que me puse su ropa. Con suerte, así evitaría sus intentos de seducción. No importaba que fuera el monarca extraoficial de Escocia, además de rico y guapo; no iba a volver a acostarme con él.

Estaba tumbada en la cama, completamente despierta y mirando por la ventana, cuando llegó. Cerró la puerta sin hacer ruido al entrar, como si creyese que estaba dormida, y se desvistió a los pies de la cama, quitándose la corbata y el resto de su traje.

Debían ser las dos de la mañana; me sorprendió que trabajase durante tanto tiempo. ¿De qué habían estado hablando allí abajo? ¿Qué información podía discutirse durante tanto tiempo? No me había quedado dormida aún porque quería estar despierta para cuando regresase. Sabía que podía confiar en él hasta cierto punto, pero me sentiría más cómoda cuando estuviese en la cama y dormido, no despierto y excitado.

Apartó las sábanas y se tumbó a mi lado. No me tocó; se quedó en su lado de la cama.

—¿No puedes dormir?

¿Cómo sabía que estaba despierta?

—Te estaba esperando.

La arrogancia hizo aparición en su voz.

—¿Ah, sí? Bueno, pues aquí estoy, monada. —Se movió hacia mi lado de la cama.

Me di la vuelta y saqué un brazo, golpeándolo en el duro pecho.

—No me refería a eso, y lo sabes.

Se rió y mantuvo las distancias, poniéndose boca arriba y mirando el techo. Tenía una mano sobre el pecho.

Me pregunté si estaba desnudo. Siempre que había entrado en su habitación de noche, me lo había encontrado así.

—¿Por qué estamos durmiendo juntos? —pregunté—. La

última vez que estuvimos en la misma cama me echaste de tu habitación.

—Aquello fue diferente.

—¿Diferente en qué?

—No quiero que duermas sola en una habitación en este lugar. Uno de los chicos podría entrar e intentar divertirse un poco contigo...

El significado de sus palabras me hizo ponerme a la defensiva.

—Para ser hombres tan leales, no pareces confiar en ellos.

—Confío plenamente en ellos, en realidad. Pero cuando más cuidado debes tener es cuando confías mucho en alguien.

Enarqué una ceja.

—Eso no tiene sentido.

—No, piensa en ello. Si mis hombres piensan que confío en ellos, se sentirán cómodos. Y si se sienten cómodos, podrían intentar algo porque creen que pueden salirse con la suya. Luego podrían mentir, ya que saben que cuentan con mi confianza. Así que, en mi opinión, es mejor curarse en salud. Prefiero tenerte bajo mi vigilancia. Si quieres algo bien hecho, deberías hacerlo tú mismo. O eso dicen, ¿no?

Curiosamente, sí que tenía mucho sentido.

—No, no quiero compartir cama conmigo. Pero el colchón

es lo bastante grande para apenas notar que estás aquí. —Giró la cabeza hacia mí; tenía el pelo algo revuelto por haberse pasado la mano—. No roncas, ¿verdad?

—No. ¿Y tú?

—Tampoco. —Volvió a girarse hacia el techo.

Miré atentamente su musculoso pecho, notando que las sábanas le llegaban hasta la cintura.

—No estás desnudo bajo las sábanas, ¿no?

Cuando se giró hacia mí, tenía una sonrisa malvada en los labios.

—¿Por qué no echas un vistazo y lo descubres?

—Estoy bien como estoy —respondí sarcástica.

—Bueno, él está listo cuando tú lo estés.

¿Cuándo yo esté lista? Como si fuese a estarlo algún día.

—No voy a volver a acostarme contigo. Aquello fue un acontecimiento único.

—Lo que tú digas, monada.

—Hablo en serio.

—Perdona —dijo con una risita—, pero me cuesta mucho creerte.

—No soy una de tus muñequitas.

—Hala. —Se incorporó en la cama, sujetándose con un

codo—. ¿Qué te hace creer que me acuesto con muñequitas? En realidad me gustan las mujeres fuertes, listas e independientes. Una de mis chicas es diplomática francesa. Es sumamente inteligente.

—¿Tienes varias novias? —pregunté con asco.

—Novias no. Sólo chicas. —Volvió a tumbarse y se subió las sábanas hasta el hombro—. Y ahí vas otra vez... te comen los celos.

—Vaya por Dios... —Quise darle una colleja—. No estoy celosa. Nunca he sido celosa. Jamás seré celosa.

—Te gusta mucho hablar de mi vida sexual.

—No me gusta nada —dije con frialdad—. Estás limpio, ¿verdad? —Me odié en silencio por preguntarlo después de haber cometido ya el acto en sí, pero lo había hecho para sobrevivir, para alejarme de Bones, así que no podía castigarme demasiado.

—Por supuesto que sí, monada. Por cierto, tenemos que ponerte la inyección. Ariel se ocupará de ello por la mañana.

Me enfadé.

—Te he dicho que no voy a volver a acostarme contigo.

—Bien. Pero te vamos a pinchar igualmente, porque cambiarás de idea.

—No voy a...

Se subió encima de mí y juntó nuestras bocas, dándome un beso abrasador tan agresivo que me dolieron los labios. Me agarró las muñecas y las inmovilizó contra el colchón. Me metió la lengua en la boca y la hizo bailar con la mía.

Mi resistencia desapareció en cuanto exhaló entre mis labios. Tenía los ojos abiertos, mirándome seductor mientras adoraba mi boca con la suya. Estaba desnudo de cintura para abajo, y sentí su miembro a través de los pantalones.

En cuanto sintió mis labios devolverle el beso me soltó una mano y enterró los dedos en mi pelo, sintiendo su suavidad. Empezó a moverse conmigo, frotando su erección contra mi clítoris a través de la tela.

Mis rodillas se separaron automáticamente para dejarle sitio; quería más de aquella fricción, más de aquella barra de acero que tan bien me hacía sentir. Sus labios me hipnotizaron, dándome un beso ardiente que me dejó sin aliento. En cuanto me besó olvidé que aquel hombre era mi captor, que me había quitado todos mis derechos como persona.

Empujó las caderas con más fuerza, empujando su sexo directamente contra mi clítoris palpitante. Me hizo jadear y moverme con él, disfrutando de lo impresionante que era su pene. Gemí en su boca al sentir el éxtasis entre mis piernas. Sin siquiera estar dentro de mí, me hacía explotar como si estuviese hecha de fuegos artificiales.

—Oh, Dios... —Encogí los dedos de los pies y mis gemidos

se convirtieron en gimoteos. La sensación era tan increíble que olvidé la facilidad con la que me ponía a tono.

Crewe dejó de moverse y me miró con la victoria reflejada en los ojos.

—Te pondrán la inyección por la mañana.

12

CREWE

Eran las diez de la mañana, pero eso no evitó que Ariel y yo compartiéramos una botella de escocés.

—¿Asistirá a la gala de su alteza el próximo sábado? —Sirvió otro vaso y agitó los cubitos antes de darle un trago.

Me había olvidado.

—Si le dijo que lo haría, entonces debo hacerlo.

—Seguro que ese zorrón también estará allí. —Ariel puso los ojos en blanco, y sus gafas amplificaron el movimiento.

Sonreí; Ariel era de lo más protectora conmigo.

—No podría importarme menos que esté allí, pero me gustaría llevar a London conmigo; no hace ningún daño tener a una mujer hermosa de mi brazo.

—Bueno, eso no es posible.

—¿Ah, no? —Miré el fuego de la chimenea de la salita. Lo único que despreciaba del castillo era su falta de ventanas. Se construyó en una época en la que la fortificación era importante. Al restaurarlo, lo mantuve todo tan intacto como fue posible, así que me negaba a añadir ventanas sólo porque sí.

—¿De verdad cree que London se comportará debidamente frente a la mayoría de las familias reales mundiales? —preguntó con tono de incredulidad—. Esa mujer no puede controlarse ni siquiera con una correa alrededor del cuello. Tendría que estar loco para llevarla con usted.

London sin duda era impredecible.

—Y por lo que sé, no hay nada que pueda mantenerla a raya. No le tiene miedo.

—Eso no es del todo cierto. —Había algunas cosas que no estaba dispuesto a hacerle, y otras que sí.

—Tanto si lo es como si no, no importa. —Se bebió el whisky más rápido que yo; en cuanto a aguante frente al alcohol, estaba a mi nivel—. Debería ir solo. Así siempre es más fácil.

Aun así, quería tenerla en mi brazo. Habían empezado a gustarme los encantos de London; tenía una hermosa sonrisa en las raras ocasiones en las que la mostraba, y su cuerpo estaba compuesto por curvas. Con un vestido y con el pelo arreglado y maquillada, brillaría más que nadie.

—Quiero llevarla de todas formas.

Ariel no escondió su expresión de molestia.

—¿Por qué los hombres son tan estúpidos cuando se trata de mujeres? Se repite una y otra vez. Recuerde a Helena de Troya antes de cometer una estupidez.

—Se me ha ocurrido una idea para mantenerla controlada.

Dejó el vaso sobre la mesa y cruzó los brazos contra el pecho.

—¿No me diga? Oigámosla.

Serví otro vaso antes de darle el nombre que lo explicaría todo.

—Joseph Ingram.

Tras un momento de consideración, sonrió.

—No es mala idea.

ARIEL ME SIGUIÓ A LOS APOSENTOS REALES CON EL equipo apropiado. London estaba en la segunda sala de estar, junto al balcón, leyendo un libro que había encontrado en la estantería.

—Ariel te va a poner la inyección —anuncié cuando entramos.

London casi dio un salto al aparecer sin anunciarme.

—Vaya, un aviso habría sido agradable...

—No olvides que estás por debajo de nosotros —dijo Ariel con frialdad—. Deja de creer que eres una igual y cierra la boca.

London abrió los ojos como platos, indignada por el insulto.

Intenté no sonreír. La personalidad de Ariel costaba algo de asimilar, al menos hasta que la conocías.

—Eres una desgracia para las mujeres, ¿lo sabías? —London se puso en pie como si estuviese preparada para pelearse con ella—. Me tiene aquí prisionera en contra de mi voluntad y tú estás ahí de pie sin hacer nada. Me ha quitado la ropa...

—Si has acabado de quejarte, tengo trabajo que hacer. —Ariel abrió el maletín sobre la mesa de madera.

London se quedó con la boca abierta, impactada por el hecho de que Ariel pudiera ser tan harpía. Se giró hacia mí con la misma expresión.

—¿Y esta mujer es tu socia? ¿Le habla así a todo el mundo?

—Sólo a la gente que me molesta. —Probó la jeringuilla antes de sentarse en el sofá—. No esperes que me sienta mal por ti sólo por ser mujer. Si no te gustan tus circunstancias, cámbialas. Así de sencillo.

—¿Crees que quiero estar aquí? —inquirió London, incrédula.

Ariel señaló el asiento de al lado, ordenándola que se sentase sin mediar palabra.

—Lo que creo es que necesitas un anticonceptivo, ya que disfrutas follándote al hombre que te capturó. Así que sí, creo que quieres estar aquí.

London miró de reojo el jarrón que había sobre una mesa cercana.

Supe exactamente en lo que estaba pensando.

—Ni se te ocurra, monada. —La cogí de la muñeca antes de que pudiese hacer algo que consiguiera que la matase. La guié al sofá y me senté a su lado, manteniendo un ojo en las dos.

London estaba tan enfadada que no podía hablar, algo nuevo para mí.

Ariel le insertó la aguja e inyectó el líquido. Y ahí acabó todo. Colocó un algodón sobre la piel y lo fijó con esparadrapo.

—Estarás lista en veinticuatro horas. —Guardó el equipo y se marchó, dejándonos solos.

Sabía que London estaba impaciente por decir lo que pensaba.

—Esa mujer es horrible.

Me encogí de hombros.

—No es tan mala cuando le caes bien.

—¿E insulta así a todos tus clientes?

Sonreí al pensarlo.

—La verdad es que sí.

—¿Y no pasa nada? —preguntó, sin poder creer lo que oía.

Ariel tenía muchas cualidades valiosas que no podían reemplazarse.

—Es la mejor en lo que hace. Es todo lo que puedo decir.

—¿Y qué es lo que hace?

Nunca le había contado nada sobre mi otra compañía.

—Se puede decir que dirige mi negocio de whisky escocés casi por completo. Yo sólo superviso algunas cosas.

—Un momento... ¿haces escocés? —preguntó sorprendida. Fue atando cabos lentamente, seguramente pensando en todas las veces que me había visto beber el líquido ambarino durante el día—. Supongo que tiene sentido.

—Es mi modo de ganar dinero limpio, así es como blanqueo el resto.

Asintió como si lo comprendiese.

—¿Y también trabaja en lo de la información?

—Sí. Hace muchas cosas.

London suspiró al darse cuenta de que no había forma de librarse de su némesis.

—No he hecho nada para ganarme su odio. Es bastante cruel.

—No es nada personal; no le gusta la gente a la que no conoce.

—Pues debió existir algún momento de su vida en el que no conocía a nadie.

—Y sinceramente, sigo sin gustarle.

Rió entre dientes, sorprendiéndome.

—No puedo culparla...

Me gustaba verla sonreír, y que lo hiciera para mí. Era una expresión que a duras penas mostraba, tan frecuente como lo era la lluvia en el desierto.

—Dale tiempo. Cambiará de opinión. —Examiné la bola de algodón que tenía pegada al brazo, sabiendo que en cuestión de veinticuatro horas podría tomarla tanto como quisiera—. Parece que ya está listo.

Su sonrisa desapareció al instante.

Sabía que estaba en guerra consigo misma. Su cuerpo ansiaba el mío, sobre todo después de los orgasmos exquisitos que le había dado, pero su mente no podía aceptar la atracción bajo aquellas circunstancias tan inhumanas. Siempre me vería como el hombre que la había encerrado, como un dictador.

Pero todo aquello estaba a punto de cambiar.

13

LONDON

Aquella noche volvió tarde otra vez, tras acabar el trabajo en la primera planta con Ariel y el resto de su gente. Esta vez no me molesté en hacer ver que estaba dormida. Entró y se desanudó la corbata, mirándome a los ojos. Se quitó cada artículo de ropa con gestos seductores, dejándolos caer al suelo. Primero fueron la corbata y la camisa. Se desabrochó el cinturón y lo dobló entre las manos, probando la dureza del cuero. Luego se quitó los pantalones.

Ojeé su cuerpo casi desnudo y me sentí asqueada por la excitación casi inmediata que me invadió. Para ser un criminal, tenía una piel suave y casi inmaculada. Los músculos se movían y contraían cada vez que cambiaba de posición, haciendo obvio el poder de su constitución era obvio. No era corpulento como Dunbar, pero su aspecto esbelto daba a entender que era fuerte, y rápido.

Se quitó los zapatos con los pies, luego los calcetines y, a continuación, pasó los dedos bajo la cinturilla de los bóxers.

Sabía que no debía mirar; no estaba segura de por qué había empezado a hacerlo.

Sus ojos marrones mostraban un deseo y confianza en sí mismo enérgicos, rozando casi la arrogancia. Se bajó los bóxers hasta descubrir su duro miembro, con el glande hinchado y de un color más oscuro que el resto de su extensión. Veintidós centímetros de hombre emergían de sus testículos de vello recortado. Apartó los bóxers de una patada y se acercó, sabiendo que contaba con toda mi atención.

Se metió en la cama, a mi lado, y colocó un brazo bajo la cabeza. Las sábanas se amontonaron a la altura de su cintura, insinuando la forma de su erección. Parecía salido del sueño de toda mujer sin intentarlo siquiera: masculino, poderoso y sexy. Estaba durmiendo en el interior de un castillo que había heredado gracias a su sangre noble. Era un rey de verdad.

Giró la cabeza y me miró; su barba de tres días era más tupida de lo que había sido aquella mañana.

—¿Te gusta lo que ves, monada?

No me molesté en seguir mintiendo; era obvio lo atraída que me sentía hacia él. Pero por muy fuertes que fueran mis necesidades, no iba a recorrer aquel camino. Sentía demasiado respeto por mí misma, y mi deseo de libertad jamás había flaqueado. Quizás no pudiese evitar que me sedujese, pero sí podía asegurarme de que no fuera yo la que moviese ficha primero.

—Estoy cansada... —Bostecé y me di la vuelta, intentando olvidar las palpitaciones que sentía entre las piernas.

Crewe apagó la lámpara de la mesita de noche y rió entre dientes.

—Lo que tú digas, monada. Pero muy pronto me darás exactamente lo que quiero.

Se me aceleró el corazón al oír aquello.

—¿A qué te refieres?

—Lo sabrás por la mañana. —Se quedó callado, negándose a dar más información.

No me tomé sus amenazas a la ligera. Tenía poder, dinero y autoridad; podía hacer que ocurrieran muchas cosas. Cualquier cosa. No sabía qué iba a pasar por la mañana, pero tenía que asegurarme de no estar allí para averiguarlo.

Me concentré en su respiración, estudiándola para determinar en qué fase de su ciclo REM se encontraba. No podía actuar hasta que estuviese fuera de combate. Me encontraba en medio de ninguna parte, y necesitaba tanta ventaja como me fuese posible.

Cuando su respiración se hizo profunda y acompasada, salí de la cama y me puse las zapatillas de correr que Dunbar había guardado en mi maleta. Iba vestida con leggings negros y una camiseta; ropa poco adecuada para una escapada rápida, pero tendría que bastar.

Fui de puntillas hacia la puerta del otro lado de la habitación y la abrí lentamente, agradeciendo que no crujiera a pesar de su edad. Salí al pasillo y miré a ambos lados, asegurándome de que nadie estuviese de guardia. La alfombra de color rojo oscuro se extendía por el pasillo, bajo las lámparas de araña de cristal que colgaban del techo.

Caminé en silencio por el pasillo y permanecí pegada a la pared, aguzando el oído en busca de cualquier ruido. Llegué al final y miré el piso de abajo por la escalinata, sin ver a nadie. Bajé a la planta baja y me fijé de inmediato en las dos enormes puertas que marcaban la entrada.

Dunbar estaba delante, vestido de negro. Estaba mirando el teléfono como si estuviese jugando a algo para pasar el tiempo.

Maldición. No podía salir por ahí.

Volví al piso de arriba y escogí el pasillo del lado opuesto de la habitación, que llevaba a un corredor lleno de dormitorios. Pasé junto a uno en el que había una mujer gimiendo a viva voz mientras la cama crujía, y no pude evitar pensar en Crewe y en lo que habríamos estado haciendo ahora mismo si no me hubiese ido.

Me lo quité de la cabeza.

Tenía que salir de allí.

Recorrí diferentes pasillos, y al final acabé perdiéndome en el enorme edificio. La cantidad de electricidad necesaria para mantener las luces encendidas debía ser exorbitante. Fui al otro extremo del castillo y miré por la gran ventana que mostraba una completa vista de la edificación desde arriba. Por lo que podía calcular, me encontraba en el lado opuesto de la propiedad, sobre un patio con un jardín de rosales.

Las únicas escalinatas existentes llevaban otra vez a la entrada, y tenía que asumir que estaban todas bloqueadas. Contaba con varios años de experiencia en escalada, así que podría descender hasta el suelo, pero me encontraba en el tercer piso, y eso lo convertía en peligroso.

Pero valía la pena el riesgo.

Ninguna de las ventanas cedió, así que entré en un dormitorio que había en la esquina, con cuidado de no hacer ruido alguno y sintiéndome aliviada al ver que no había nadie. Y para suerte mía, tenía balcón. Cerré la puerta y eché el pestillo.

El balcón estaba en la parte superior del tercer tejado. El único modo de bajar era aferrarse a los huecos que había entre las piedras. Era peligroso, y toda una estupidez. El suelo era de hierba en lugar de hormigón, pero seguía estando tan lejos como para poder romperme algo con facilidad.

En un rincón de mi mente, oí el aviso de Crewe: si intentaba escapar y fracasaba, habría consecuencias. Sabía que la amenaza había sido sincera, y que pagaría seriamente por mis acciones. Todavía estaba a tiempo de echarme atrás y volver al dormitorio. O podía continuar y esperar lo mejor.

Tenía que salir de allí ya.

Colgué las piernas por el borde y empecé a descender lentamente, enterrando las uñas en las muescas entre las piedras para sostener mi peso. En cuestión de un minuto, la piel me empezó a arder con el contacto. El esfuerzo me hizo sudar. Apreté los dientes mientras bajaba, negándome a mirar el suelo y arriesgarme a caer.

Estaba a medio camino del suelo cuando oí los gritos.

—¡Encontradla! —La terrorífica voz de Crewe levantó ecos por el patio, llegándome a los oídos a pesar de que se encontraba al otro lado de la propiedad.

Mierda.

Eché un vistazo abajo y supe que todavía me quedaba bastante camino, pero no tenía tiempo. Tenía que saltar y rezar para que todo saliera bien. Tras coger aire, me solté.

Aterricé en la hierba y rodé, saliendo de la caída sin ningún hueso roto. Me dolían las articulaciones por la fuerza del impacto, pero aquello no era nada comparado con lo que podía haber sido.

Las luces de las linternas emergieron del castillo, tanto de las ventanas como de los balcones, seguidas de voces irritadas.

Tenía que escapar.

Corrí a toda velocidad por el patio y me dirigí a los árboles, con el corazón latiéndome tan fuerte que parecía que me fuera a explotar. Mis pies golpearon la tierra, haciendo ruido, pero seguí adelante; necesitaba llegar a los árboles. En cuanto estuviese entre los árboles y los prados, podría esconderme hasta que se rindieran. Puede que tuvieran paciencia, pero yo estaba decidida.

—¡Ahí está la zorra! —Dunbar me iluminó el hombro, atrapándome en mitad del sprint.

Joder. Joder. Joder.

Usé toda la energía de mi cuerpo para correr lo más rápido que pude; estar encerrada en la isla Fair había reducido mi resistencia. Antes de irme de Nueva York había estado en muy buena forma física al estar todo el día de pie en el hospital, pero mi nivel de *fitness* había recibido un buen golpe.

Aquello no me detuvo.

—¡Por aquí! —La voz de Dunbar me aterró por lo alta que la oí. Estaba cerca, a sólo unos metros de distancia.

No iba a conseguirlo.

Pero no podía rendirme aún. Jamás me rendiría.

Atravesé la línea de árboles y seguí corriendo, llegando al fin a las tierras altas. Eran oscuras; la luna no daba luz suficiente para alumbrarme. Y, de todas formas, aunque tuviese una linterna no podría usarla.

Sabía que no podía ganar a Dunbar. Su forma física era excelente.

Tenía que esconderme.

Corrí junto a un árbol alto y hundí los pies en la tierra para detenerme. Sin pensarlo dos veces, salté hacia el tronco y me agarré a una gruesa rama. Me impulsé hacia arriba, ignorando las astillas que se me clavaron en las manos, y seguí adelante. Trepé todo lo que pude antes de que las ramas se hicieran demasiado delgadas como para sostener mi peso.

Me quedé allí sentada, intentando no respirar muy alto. Aquellos hombres no eran normales; trabajaban para Crewe, así que tenían que ser muy buenos. No debería ser difícil encontrarme.

Pero podía tener suerte.

La voz de Dunbar sonó demasiado cerca para mi gusto.

—Está escondida. Seguramente en uno de los árboles.

Maldita sea.

Las luces lo iluminaron todo cuando una docena de hombres caminaron alrededor de mi localización, usando las linternas en árboles y arbustos. Las pesadas botas de Dunbar crujieron al pisar la hierba mientras se acercaba a mi escondite.

La sangre me latió en los oídos mientras me aferraba a la rama a la que estaba subida. No iba a escapar, y tendría que sufrir el cruel castigo de Crewe. Mi imaginación se volvió loca, aterrándome.

Dunbar se acercó al pie del árbol, justo en mi línea de visión. Vi su ancha silueta apuntando el suelo con la linterna. Entonces se dio la vuelta y la apuntó directamente hacia mí.

Oí su sonrisa en su tono de voz.

—Te pillé.

Me abandonó toda esperanza. Me sentí derrotada, incluso estúpida.

Dunbar se llevó los dedos a los labios y silbó ruidosamente.

—Está aquí, chicos.

No tenía a dónde escapar.

Su acento escocés comunicó su condescendencia.

—Subiré ahí arriba y te arrastraré al suelo si tengo que hacerlo, pero ambos sabemos que será más sencillo que lo hagas tú. No hay sitio al que huir ni en el que esconderse, y el jefe llegará en cualquier momento.

Las lágrimas me subieron a los ojos, pero no cayeron. Lo único que quería era libertad, volver a ser respetada como ser humano. Echaba de menos ir a la cafetería de la esquina, estar bajo el sol sin miedo a que alguien me quitara mis derechos.

—¿Qué decides? —preguntó enfadado.

No existía otro plan de escape. En lugar de alargarlo, bajé. Me moví lentamente de rama en rama hasta llegar al suelo. Me solté de la última y pisé la hierba.

Dunbar me cogió del cuello inmediatamente y me tiró al suelo.

—Quédate ahí.

Obedecí sin contestar. Los hombres me rodeaban con sus linternas, siluetas enmarcadas bajo sus luces. A veces veía fragmentos de caras por alguna luz vecina. Cuando se separaron, supe que estaban dejando sitio para su líder.

Su rey.

Se me acercó lentamente y se quedó sobre mí; una oscura y ominosa silueta. Su ira era palpable, aterradora. Irradiaba una autoridad fiera, convirtiéndose en el dictador que era realmente.

Se arrodilló frente a mí, con el rostro visible por el círculo de luces. Sus ojos marrones eran crueles, ya no contenían ni pizca de encanto. No dijo ni una palabra; no necesitó hacerlo. Su mirada ya era suficiente intimidante.

—Qué... Te... Dije. —La voz le salió en un susurro lleno de amenaza. Su mano salió disparada para agarrarme el cuello, apretándome más fuerte que nunca. Me constriñó la garganta hasta que no pude respirar.

Lo triste era que no lo culpaba por hacerme daño. Me había

avisado, y yo me había arriesgado igualmente a pesar de no tener un plan sólido. Debería haber explorado más la zona, debería haber memorizado la disposición del castillo. Pero con el día siguiente pendiendo sobre mi cabeza, había cundido el pánico.

Me apretó más fuerte, cortándome el aire del todo.

—Levanta... El culo. —Se puso de pie y me arrastró con él, forzándome a ponerme en pie sin el cuidado con el que solía manejarme. Me empujó a un lado—. Camina.

Caminé hacia adelante, sintiéndolo a mi espalda. Fui abriendo camino, sabiendo que una docena de hombres me seguían, todos con linternas apuntándome a la espalda. Me sentía como ganado a punto de ser sacrificado. Moví los pies lentamente, perdiendo el mayor tiempo posible.

Sentí los ojos de Crewe taladrándome la espalda.

Era como un criminal caminando a su tumba. Sentí que aquello era el fin.

Regresamos al vestíbulo del castillo. No sabía dónde quería que fuese, así que me quedé allí, todavía erguida, pero sin orgullo.

—A partir de aquí me encargo yo. —Crewe volvió a cogerme del cuello y me guió al piso de arriba, paseándome como si fuera un perro y su brazo la correa. A pesar de estar cooperando, su agarre casi me estrangulaba.

Llegamos a los aposentos reales y me empujó dentro.

—Desvístete.

Oh, Dios.

Cerró la puerta de un golpe y se colocó detrás de mí; su respiración pesada caía sobre mi cuello.

—No me obligues a repetirlo.

Sabía que no sería capaz de escapar de aquella situación. Mantuve la mirada al frente mientras me quitaba la camiseta y la tiraba a un lado.

Crewe se apoyó contra el pie de la cama y cruzó los brazos sobre el pecho. Me miró fijamente, con frialdad; sus ojos marrones no poseían ni una pizca de compasión.

Me desabroché el sujetador y lo dejé caer, intentando no sentirme tan derrotada. Aquel hombre ya me había visto desnuda, me había follado en su cama y me había provocado un orgasmo. No debería sentirme tan débil o avergonzada. Me sentía mucho más cómoda que la primera vez que me había ordenado desvestirme.

Me observó con ojos enfadados, sin mostrar excitación.

Me quité los zapatos con los pies y me bajé los leggings, y con ellos la ropa interior. Después me presenté desnuda delante de él, insegura ante lo que pasaría a continuación. Esperaba que me tomara por detrás sobre la cama. El sexo era bueno, así que no sonaba tan mal, pero eso no hubiese sido mucho castigo.

Los pantalones de vestir que se había quitado antes le

cubrían de nuevo las piernas, igual que la camisa le cubría el pecho. Incluso en mitad de la noche, se negaba a dejar que sus hombres lo viesen en un estado menos que perfecto. Se sacó el cinturón de las hebillas del pantalón y lo dobló en dos, juntando principio con el final. Agitó el cuero en el aire, provocando un fuerte chasquido.

—Voy a castigarte por lo que has hecho. Voy a darte diez azotes y a ponerte el trasero rojo por tus desagravios. Sube a la cama, con el culo en el aire.

¿Iba a azotarme como a una cría?

—¿Eso es todo?

Volvió a chasquear el cinturón.

—No te preocupes, monada; dolerá. Y disfrutaré haciéndote daño.

No recordaba si me habían azotado alguna vez.

—El culo en el aire —ordenó con autoridad—. Ahora.

Lo rodeé y me subí a cuatro patas en la cama. Los pies me colgaban del borde del colchón, y apoyé las mejillas contra las sábanas. Tenía el trasero apuntando al techo, en la posición perfecta para que me azotase.

Crewe se puso a mi espalda y pasó el cuero con cuidado por mi piel, dejando que sintiera su suavidad. Después me pasó la mano por la nalga, apretándola con fuerza.

—Esta noche me has cabreado mucho, monada. He sido más indulgente de lo necesario, pero eso se acabó.

Agarré las sábanas a ambos lados de mi cuerpo, deseando que aquello terminase lo más rápido posible.

Crewe se movió, y sus rodillas dieron con el suelo de piedra. Su aliento cálido me golpeó la entrada y me pregunté qué iba a pasar. Justo cuando me volví para mirar, sentí su cálida boca en mi zona más vulnerable.

Ah, guau...

Su lengua me lamió el clítoris antes de empezar a chuparlo.

Ningún hombre me había hecho eso nunca, y a pesar de lo aterrada que estaba, seguía siendo una sensación increíble.

Me aferró los muslos al meter la lengua dentro de mí, probándome y explorándome. Volvió a jugar con mi clítoris, llevándome al borde de un poderoso orgasmo. Podía sentir cómo se acercaba por el horizonte. Me besó más fuerte, con la misma agresividad con la que me besaba la boca.

Estaba casi a punto, gimiendo con sus caricias. Mis manos bajaron por la cama hasta sujetarme las muñecas.

Y entonces se apartó.

No.

Volvió a levantarse y cogió el cinturón.

—Tu coño es igual de mono que tú. —Descansó el cinturón contra mi trasero antes de apartarlo otra vez—. Vamos a contar hasta diez. Cuando diga el número, lo repetirás. Si no lo haces, recibirás otro azote. ¿Me has entendido?

—Sí.

—Sí, *señor*.

No podía llamarlo así. Aquello era lo máximo que me sacaría.

Cuando no le di lo que quiso, continuó hablando.

—Pues eso son cinco más. —Se posicionó a mi espalda antes de lanzar todo su peso en el latigazo del cinturón. Me golpeó tan fuerte que grité, oyendo el azote en los oídos. Empezó a respirar de manera agitada, como si estuviese esforzándose más de la cuenta. Pero sólo se trataba de su excitación saliendo a la superficie. Su deseo emergió, ruidoso e inconfundible—. Uno.

¿Sólo había sido uno?

No quería añadir otros cinco azotes a la lista, así que conté con él.

—Uno...

Me azotó cinco veces más, de forma consecutiva. Golpeó la misma zona una y otra vez, haciéndome gritar de dolor. Era una sensación ardiente que nunca había experimentado. No me lo puso fácil; me dio lo más fuerte que pudo. Las lágrimas me escocieron los ojos cuando la piel empezó a irritarse.

Cuando llegamos a diez, paró.

—¿Ves lo que pasa cuando me jodes?

Lloré en silencio sobre las sábanas.

Crewe rodeó la cama y me cogió del pelo. Me miró la cara húmeda por las lágrimas, sin mostrar compasión.

—Te avisé, monada. Te dije que no lo hicieses, pero lo has hecho de todas formas. Nunca aprenderás, a menos que te castigue.

Controlé las lágrimas y lo miré a los ojos, intentando encontrar fuerzas en alguna parte.

—Sabes que te lo mereces —susurró—. ¿Vas a volver a escapar?

—No... —Jamás sería capaz de escapar, no cuando una docena de hombres lo acompañaban a dondequiera que fuese.

—Promételo.

—Lo prometo... —Sólo quería que parase. No era sólo el dolor lo que me molestaba, también la humillación de recibir azotes como si fuera una niña; era tener que estar ahí tumbada y aceptarlo. Y lo peor era que, muy dentro de mí, sabía que me estaba gustando. Me gustaba que me hubiese tirado sobre la cama y me azotase con dominancia. Me gustaba su modo de controlarme a mí y al resto del mundo que me rodeaba. Y quería que siguiese haciendo lo que había estado haciendo antes con la boca en mi sensible carne.

Su mano se suavizó y me acarició el pelo, más gentil.

—Quiero parar, monada, pero no puedo. Tengo que acabar.

—He dicho que no volvería a hacerlo...

—Lo sé. —Me besó junto al párpado, como si lo sintiese de verdad—. Pero soy un hombre de palabra. No puedo retractarme de mi castigo.

—No me entregaste a Bones...

—Eso fue porque tenía un mejor uso para ti. No tenía nada que ver contigo.

Aquel hombre era más peligroso de lo que yo creía. Lo único que no haría sería tomarme a la fuerza, pero todo lo demás estaba sobre la mesa.

—Entonces acaba ya.

Me besó otra vez; sus labios se movieron hacia la comisura de los míos.

—No tienes ni idea de lo mucho que te deseo ahora mismo. No tienes ni idea de lo hermosa que estás, con el culo en el aire y lágrimas en las mejillas. No he estado tan excitado en toda mi vida. —De alguna forma, consiguió que aquella siniestra confesión sonara dulce.

Abandonó mi lado y volvió a ponerse detrás de mí. Dobló el cinturón antes de darme con él, golpeándome igual de fuerte que antes.

—Once.

Hice una mueca de dolor.

—Once.

Volvió a golpearme.

—Doce. —Su respiración volvió a agitarse, su deseo de follarme llenó el espacio entre nosotros.

—Doce...

—Más alto, monada.

Profundicé la voz.

—Doce.

Me golpeó a lo largo de ambas nalgas, acertando en el ángulo perfecto para maximizar el dolor.

—Trece.

—Trece...

Lanzó todo su cuerpo en la siguiente descarga, golpeándome tan fuerte que me impulsó hacia adelante. Respiró con fuerza, sin contar el azote, recuperando el aliento mientras me miraba el trasero enrojecido.

—Catorce.

—Catorce...

—El último, monada. Hagamos que cuente.

Cerré los ojos y esperé a que acabara.

Me propinó el azote más fuerte que nunca había recibido, haciendo que el cuero me marcara la piel.

—Quince.

El número salió a trompicones de mi boca, queriendo asegurarme de que no tuviese excusa para volver a golpearme.

—Quince.

Dejó caer el cinturón al suelo y volvió a ponerse de rodillas. Sus labios besaron la piel inflamada de mi zona posterior y volvieron al rincón entre mis piernas. Se desabrochó los pantalones y se escupió en la mano.

—Tu coño es increíble... —Se masturbó mientras me chupaba, haciendo cosas increíbles con mi clítoris que me provocaron convulsiones. El dolor y el placer real me encendieron el cuerpo. Tanteé tras de mí con una mano hasta encontrar la suya, oyendo el sonido de su mano húmeda acariciándole el pene.

Gimió contra mi sexo, a punto de correrse; su orgasmo llegó en tiempo récord.

Saber que estaba a punto de correrse me hizo explotar. Sus labios en mi clítoris hicieron que arquease la espalda y abriera la boca todo lo que pude. Solté un grito más alto que todos los demás, sonando como un animal moribundo.

—Dios...

Gimió con la boca todavía en mi cavidad, corriéndose conmigo en el mismo instante.

—Joder...

Disfruté del subidón mientras me consumía. Lentamente, empezó a desaparecer. Era la sensación más poderosa que había sentido jamás, provocando que me retorciese y contorsionase. Dejé de respirar y olvidé el dolor que provenía de mi trasero. Me rendí a aquella oscura sensación, disfrutándola completamente.

Crewe siguió de rodillas mientras se recuperaba de su orgasmo. Después se puso en pie y se limpió antes de coger un bote de ungüento. Se untó los dedos y lo extendió por mis nalgas, calmando la quemazón casi de inmediato.

—Creo que ahora nos entendemos mejor. No vuelvas a desafiarme.

Había aprendido la lección.

—O serán treinta azotes.

LONDON

Cuando desperté a la mañana siguiente, todavía me dolía el culo.

Tenía las nalgas rojas e irritadas, en carne viva por el mordisco de su cinturón de cuero. La crema que me había puesto había calmado el dolor, pero sabía que las marcas seguían allí sin necesidad de comprobarlo. Abrí los ojos y me di la vuelta, esperando verlo a mi lado.

Pero él no estaba allí.

A veces se levantaba temprano y hacía ejercicio antes de ducharse y reunirse con su cuadrilla. Su horario nunca era algo concreto, así que yo no tenía idea de lo que hacía. Y tampoco me lo habría dicho si le hubiese preguntado.

Aparté las sábanas de una patada y miré por la ventana, viendo como el sol matutino salpicaba el castillo. El lugar parecía sacado de un cuento de hadas... a pesar de que no se sentía como tal.

Como si supiese que estaba despierta, Crewe entró en aquel momento.

—Bien. Estás despierta.

—Espero que eso quiera decir que has traído el desayuno.

No rió entre dientes como acostumbraba a hacer, y eso me dijo que estaba de particularmente mal humor a pesar de la acción que tuvimos anoche. No me molesté en sentirme avergonzada; me gustaron las cosas que me había hecho. Era estúpido seguir luchando contra ello... y mentir sobre ello también.

—Vístete y baja. Podrás desayunar después.

—¿Se trata de la sorpresa de la que me hablaste?

—Sí. —Cogió un par de pantalones y una camiseta del armario y las tiró sobre la cama—. Pero posiblemente no tengas ganas de desayunar después.

Eso no sonó bien.

Se aproximó a la cama y me cogió de la barbilla, dirigiendo mi mirada hacia él a pesar de que ya tenía toda mi atención

—Tienes quince minutos. Si no estás en la salita para entonces, te arrastraré hasta allí tomismo... del pelo. —Me soltó, aún con fiereza en la mirada.

Quise volver a huir. Lo que estuviese esperándome abajo seguramente era cruel.

—¿De cuerdo?

—Sí —contestó de inmediato, odiándome por ello.

—Sí, *señor*. —Me había ordenado llamarlo así en contables ocasiones, pero no podía hacerlo.

Y seguía sin poder. No podía doblegarme a ningún hombre. No podía arrodillarme. No podía rendirme; así no. Puede que me abofetee o algo peor, pero seguía sin poder someterme a su voluntad. Aquella era una parte innata de mí: ser desafiante cada vez que pudiese. Él necesitaba control, pero yo también. Éramos dos caras de la misma moneda.

—He dicho que sí.

Sus ojos marrones se entrecerraron de irritación, pero no me amenazó con un castigo. De repente, una sonrisa apareció en sus labios, siniestra y terrorífica. Se apartó y metió las manos en los bolsillos, pareciendo complacido con nuestro intercambio.

¿Qué me estaba perdiendo?

Se marchó, con la cruel sonrisa aún en sus labios.

—Quince minutos, monada.

Tras vestirme, bajé la escalinata y entré a la salita con dudas. No estaba segura de lo que encontraría allí, pero fuera lo que fuera, no podía evitarlo. Puse un pie dentro y vi a algunos hombres de espaldas al fuego de la chimenea, disfrutando de un trago y de la compañía del otro. Los demás están diseminadas por la sala, fumando puros y bebiendo escocés. Encontré a Crewe en el centro, sentado en un enorme sillón rojo que estaba hecho para un rey.

Ariel se inclinó sobre un hombre que había en el suelo, limpiándole algo del cuello con una toalla.

Fue entonces cuando noté el charco de sangre en el suelo de madera... y la identidad del hombre que sangraba.

—¿Joey? —Contuve un grito mientras corría a su lado, reconociendo a mi hermano de inmediato. Su cabello era mucho más largo que la última vez que lo había visto y parecía pálido como si no hubiese visto la luz del día en semanas—. ¿Qué le estás haciendo?

Ariel tenía un cuchillo e hilo de sutura en las manos, obviamente terminando algo en él.

Ésta ignoró mi pregunta como si no fuese lo bastante importante para contestarla.

Yo exploté. La cogí de la muñeca y la tiré al suelo. Luego me subí encima y le enterré el puño en la cara.

—¡No toques a mi hermano! —Volví a levantar el puño para golpearla nuevamente cuando me quitaron de encima.

Para mi molestia, Crewe se arrodilló junto a ella y examinó su rostro con preocupación.

—¿Está bien? —Notó que tenía el labio ensangrentado y sacó un pañuelo. Mantuvo su voz baja y su interacción discreta.

Ahora sí que odiaba a Crewe.

—Estoy bien. —Ariel lo apartó y se puso de pie—. La furcia golpea como una nena.

—¿Ah, sí? —Me solté de los hombres—. Pues vamos a intentarlo otra vez.

Crewe levantó una mano para silenciarme.

—Ya basta.

Volví a ponerme de rodillas y cogí el rostro de Joey con ambas manos.

—Joe, soy yo. —Le di golpecitos en el pecho, intentando llamar su atención.

Estaba aturdido y confuso, como si acabase de despertar de anestesia.

—¿London?

—Sí, soy yo —dije aliviada—. ¿Estás bien?

—Yo... —Intentó incorporarse, pero estaba demasiado débil.

Los pies de Crewe aparecieron al otro lado de su cuerpo,

sus zapatos eran brillantes y sus pantalones de vestir limpios.

—Está desorientado. Lo hemos operado de emergencia.

—¿Qué tipo de operación era esa? —Levanté la mirada, el odio latía en mis oídos.

Sacó un pequeño artilugio negro antes de arrodillarse para estar a mi mismo nivel.

—Joseph ha intentado jugármela otra vez. Le avisé que no lo hiciera, pero igual que su hermana, nunca escucha. Así que también tengo que castigarlo a él.

—A lo mejor si dejases de intentar controlar a todo el mundo, esto no pasaría —siseé.

Crewe ignoró el comentario.

—Soy misericordioso, así que quise darte la oportunidad de despedirte. He insertado un EMP en la parte inferior de su cerebro. En cuanto pulse este botón, tendrá una aneurisma que le causará la muerte.

Mis manos empezaron a temblar cuando me di cuenta de que estaba a segundos de perder a mi hermano.

—Te daré el dinero, ¿vale? —Me aferré automáticamente al pecho de mi hermano—. Déjalo en paz.

—No se trata del dinero. —Crewe jugueteó con el mando que tenía en la mano, acariciando la suave carcasa con los dedos—. Y lo sabes.

—Sólo... por favor. —No sabía que más decir. No podía razonar con aquel hombre; era demasiado cruel, demasiado malvado.

—No te preocupes —dijo—. No voy a pulsar el botón. Es Joseph el que lo hará.

—¿Qué?

—Sí. Porque si no se suicida... —Crewe estiró una mano a su espalda y sacó una pistola cargada. La preparó para disparar antes de apuntar el cañón entre mis ojos—. Te mataré a ti. Así que tiene que elegir: o él o tú.

Lo había subestimado por completo. Estaba psicótico, loco.

—No puedes hacer esto...

—Puedo y lo haré. —Le dio un empujón a Joseph en el costado—. ¿Lo has oído? Tienes que elegir.

—Está completamente ido —espeté—. No puede tomar una decisión así.

—Pues tendrá que hacerlo. —Crewe miró a mi hermano—. Elige.

Joseph abrió los ojos y miró fijamente la pistola que apuntaba directamente a mi cara. Luego le echó un vistazo al localizador.

Ya sabía lo que iba a elegir.

—¿Qué va a ser? —presionó Crewe—. ¿Tu hermana o tú?

Joseph levantó una mano temblorosa.

—Dámelo... —Se aclaró la garganta e intentó sentarse, queriendo parecer fuerte.

Crewe sonrió antes de entregar el rastreador.

—Tú presiona el botón y terminará todo inmediatamente. —Me encaró, la pistola seguía apuntándome—. Ver a tu hermano acabar con su propia vida debería ser castigo suficiente para los dos.

Me puse roja de lo enfadada que estaba. Había dejado que aquel hombre me tocase, me besase, y era peor que el mismísimo diablo. Cada día era peor que el anterior, y ahora iba a perder la única familia que me quedaba.

—Crewe, por favor. Haré lo que sea.

—No hay nada que puedas ofrecerme —dijo fríamente. Su agarre sobre la pistola no flaqueó—. Pulsa el botón, Joseph. El resto de nosotros tienen vidas que vivir.

—No. —Le cogí la muñeca a Joseph y lo forcé a bajar la mano—. Crewe, tiene que haber algo que quieras. Te daré cualquier cosa. Deja ir a mi hermano. Ya te has vengado suficiente.

—Lo único que quiero es algo que has demostrado no poder dar. —Presionó el cañón contra la piel de mi frente.

No tenía ni idea de qué estaba hablando.

—¿Qué?

—Obediencia. Obediencia absoluta.

Aquello era algo que jamás podría entregarle a nadie... hasta aquel momento.

—¿Quieres que te obedezca? Si hago lo que me digas, ¿lo dejarás vivir? —Si aquel era el caso, estaba pidiendo mucho. Mi cuerpo y mi mente ya no serían míos. Tendría que ladrar a su orden, como un perro.

—La única forma de que deje ir a este imbécil es que aceptes entregarme tu devoción absoluta. Cuando te diga que hagas algo, lo haces. Sin preguntas. Eres mi esclava, mi propiedad. Tu propósito es obedecerme, escuchar con atención cada palabra que diga. Cuando te diga que te sientes, te sientas. Cuando te diga que me chupes la polla, me la chupas y lo disfrutas. Es un precio demasiado alto para ti. Te conozco, London. No podrías soportarlo.

No, no podría. Pero lo haría para salvar a la única familia que me quedaba.

—Lo haré, Crewe. Lo que tú quieras. —Dejaría que me rompiese, que me controlase exactamente como quería. Si quería follarme, podría hacerlo.

Crewe al fin bajó la pistola, ladeando la cabeza.

—No creo que lo entiendas, London. Seguiré teniendo el localizador. En cuanto no me complazcas, pulsará ese botón. Te ordenaré hacer cosas que despreciar... y actuar como si lo disfrutases. He permitido que te salieses con la tuya en muchas cosas desde que llegaste a mi posesión, pero todas esas libertades desaparecerán. Todo será diferente.

Sí entendía la crueldad que ello implicaba. Entendía que tendría que sellar mi mente y obedecer todas sus órdenes. Cumplir las órdenes de alguien iba en contra de todas mis creencias. Pero tenía que hacer lo correcto por mi hermano; tenía que salvarlo. Con el tiempo averiguaría la forma de salvarme. Y cuando lo hiciese, me encontraría libre. El encierro era sólo temporal. Podía hacerlo.

Crewe siguió observándome con sus ojos color café, la pistola seguía elevada.

—¿Estás segura de poder soportarlo?

Asentí.

—Déjalo ir.

Por fin bajó la pistola del todo.

—Tienes más agallas de lo que pensaba. —Se puso de pie y le hizo un gesto a sus hombres—. Sacadlo de aquí.

Los hombres se acercaron a Joseph y lo cogieron de los brazos. Tenía el cuerpo lacio porque todavía estaba atontado, incapaz de pensar o hablar.

—¿A dónde lo llevas? —exigí saber.

—A un lugar seguro. —Crewe metió la pistola en la parte de atrás de la cinturilla de su pantalón.

Se llevaron a Joseph de la salita y salieron por la puerta principal del castillo. Yo seguía aterrada por su seguridad, insegura de si estaría realmente bien.

—¿Y cómo sé que no vas a matarlo sin más?

Crewe se me acercó, su cara se acercó a la mía. Puso una mano en mi mejilla, con el pulgar acarició la piel. Era cuidadoso conmigo a pesar de haberse comportado tan inhumano hacía sólo un momento.

—Soy un hombre de palabra, monada. Si digo que está a salvo, lo está.

Por alguna razón estúpida, le creí.

—¿Dónde?

—Lo dejarán en un hotel. Cuando despierte, podrá llamar a su gente.

Cerré los ojos del alivio, necesitando saber que mi hermano estaría bien. No lo había visto tan a menudo como me habría gustado en años anteriores, pero seguíamos siendo cercanos. Cuando murieron nuestros padres, dejamos de ser hermanos que se peleaban y nos convertimos en una familia. Él era la única persona por lo que haría cualquier cosa sin dudarlo.

—Para que esto funcione, lo necesito con vida. —Crewe continuó tranquilizándome a pesar de que no había exteriorizado mis dudas—. Quiero que sepa que eres mi prisionera, que te sacrificas para que él viva. Todos me temerán más de lo que ya lo hacen.

Aquello era todo lo que le importaba. El dinero era irrelevante; lo que deseaba era poder absoluto.

Apartó la mano de mi mejilla y su mirada se tornó fría. Sus emociones cambiaron dramáticamente, de un extremo al otro. Su respiración se aceleró igual que cuando me azotó el trasero hasta dejarlo rojo.

—Ve a mis aposentos, arréglate y arrodíllate en el suelo. Espérame.

Extendió su primera orden y yo tenía que obedecer. Si no lo hacía, todo lo que tendría que hacer sería pulsar el botoncito y mi hermano estaría muerto. Me atravesó un escalofrío de rechazo, pero mantuve la boca cerrada. Me observó atentamente, esperando ver mi respuesta. Me desprecié a mí misma por cooperar, pero tenía que hacerlo. Tenía que entregarle a aquel rey lo que quería.

—Sí.

Su mano se movió hacia mi cuello, rodeándole cuidadosamente con los dedos. Acercó su rostro al mío, sus labios a meros centímetros. Miró fijamente mi boca.

—Sí, *señor*.

El asco me atravesó como un rayo. Mi cuerpo se retorció internamente y ardió de angustia. Tenía que rendirme a él, entregar mi respeto por mí misma y mi perseverancia. A pesar de las circunstancias, seguía juzgándome a mí misma por cooperar. Me negaba a permitir que un hombre me mandase, pero ahora tenía que olvidar mis principios... para sobrevivir.

—Sí... señor.

CREWE

No podía parar de temblar.

Estaba frente a los aposentos reales, mirándome las manos. No se quedaban quietas. En cuanto London me había llamado señor, un placer exquisito me había recorrido la espalda entera hasta los testículos. Casi la sujeté del pelo allí mismo y la puse de rodillas.

Había ganado.

Por fin la tenía donde la quería: de rodillas. A una parte de mí le encantaba su ardor y su independencia, que se negase a dejarse controlar por nadie, sobre todo por mí, pero también ansiaba su sumisión. Aquello despertaba el deseo en mi interior. No había estado tan duro desde la última vez que me había costado con ella.

Ahora sí que me la quería follar.

Me quedé frente a la puerta hasta que controlé mi respiración. Estaba descontrolado, lleno de un intenso deseo. No podía esperar a hacerle infinidad de cosas. A pesar de estar allí en contra de su voluntad, sabía que disfrutaba de todo lo que le hacía; disfrutaba de los besos, de los azotes y del sexo, pero era demasiado orgullosa para admitirlo. Su tozudez era demasiado poderosa.

Pero ahora tendría que hacerlo.

Abrí la puerta y la vi de rodillas junto a la cama, exactamente donde la quería. Cogí aire otra vez y cerré la puerta al entrar, sintiendo como el calor me quemaba la piel a un nivel tan profundo que ardía. Mi duro miembro se apretaba contra los pantalones, impaciente por liberarse.

Sus manos descansaban en su regazo, y llevaba puesto un vestido negro que debía de haber encontrado en el armario. Calzaba tacones negros, y su pelo era un amasijo de rizos lustrosos. Llevaba una gruesa capa de maquillaje que amplificaba la belleza natural de sus ojos.

Estaba preciosa.

Me serví un vaso de whisky y tomé asiento en el sillón. La miré, sintiéndome victorioso como un rey que acabara de conquistar una ciudad. Apoyé el cristal contra mis labios y tragué el frío líquido, contemplando a mi premio en el suelo.

London me miró sin expresión, esperando instrucciones.

Dejé que la victoria continuase recorriéndome un poco

más, disfrutando viéndola de rodillas en el suelo. La posición no era cómoda ni para sus piernas ni para su espalda, pero mantuvo la postura por obediencia. Había conquistado a aquella mujer por completo, por fin. Quería saborear el momento todo lo que pudiera.

—¿Monada?

Me miró y se aclaró la garganta.

—¿Sí, señor?

Joder.

Me iba a correr con sólo oírla.

Tomé otro trago de escocés para prepararme, sintiendo como pulsaba dentro de los pantalones.

Tras dejar que el líquido ámbar me llegase al estómago, dejé el vaso en el reposabrazos del sillón.

—Arriba.

Hizo lo que le pedí, poniéndose en pie con los tacones puestos. El vestido le abrazaba perfectamente las curvas, mostrando su figura de reloj de arena. El escote era de lo más evidente, y sus piernas parecían mucho más largas.

—Desvístete, lentamente. —Con una mano, me desanudé la corbata y dejé que la seda me cayera sobre el pecho.—. Déjate los tacones.

Vi la duda en sus ojos por un instante, pero era una expresión sexy. Cada vez que se resistía, me recordaba lo mucho que tenía que forzarse a obedecer. Se llevó las manos a la espalda y bajó la cremallera lentamente, bajando la mirada.

—Mírame, monada.

Me miró mientras sus dedos bajaban la cremallera hasta el final. La tela sobre sus hombros se soltó y se deslizó por su pequeño cuerpo, revelando un sujetador de encaje negro que contrastaba con su piel clara.

Se bajó el vestido por las caderas, dejando que se amontonase alrededor de los tobillos. Apartó la tela de una patada, quedándose sólo en tacones y ropa interior.

Joder, qué buena estaba.

Me llevé el vaso a los labios otra vez a pesar de no tener sed.

London se me acercó, haciendo ruido con los tacones sobre el suelo de madera al aproximarse. Se desabrochó el cierre del sujetador y dejó que se soltara la tira. Ésta se deslizó poco a poco por su cuerpo hasta que lo tiró a un lado.

Sus pechos eran preciosos, como siempre.

Observé su redondez y firmeza. Eran ligeramente grandes en proporción a su tamaño, y tan puñeteramente bonitos. Recordaba la sensación de sus pezones en mi boca, absolutamente exquisitos.

Lo siguiente fue el tanga negro, y acarició el encaje antes de bajárselo por las piernas. Lo bajó hasta los tobillos y lo apartó, levantando un tacón cuando un trozo de encaje se quedó atrapado.

Era toda mujer, toda curvas. Le miré el ombligo y luego la protuberancia entre sus piernas, apreciando la falta de vello en su sexo. Sus anchas caderas llevaban a una cintura esbelta, y luego a esas preciosas y alucinantes tetas. Podría ver el hueco de la garganta, un lugar de su cuerpo que pronto estaría infectado de mis besos.

—Juega con tus tetas. —Cuanto más tiempo permanecía allí sentado, más oscura se volvía mi voz y más ganas de correrme sentía. Mi dominancia empeoró, se hizo más poderosa. Deseé romper el vaso que tenía en la mano por el subidón que tenía encima.

London volvió a dudar, como si no comprendiera lo que le estaba pidiendo.

—Tócate, monada. —Podía hacer que aquella mujer hiciese lo que yo quisiera, y verla darse placer me parecía apetecible.

Se pasó las manos bajo los pechos para cogerlos, y su suave piel se deslizó sobre la curva de sus tetas. Las masajeó, pareciendo incómoda al principio. Pero cuanto más se exploraba, más lo disfrutaba. Estaba siendo testigo de su autodescubrimiento, testigo de cómo entendía más su cuerpo.

Una mano se deslizó entre sus piernas y encontró su escondite. Se frotó el clítoris lentamente, cogiendo aire en el contacto inicial. Cerró los ojos y ladeó la cabeza; su cabello se movió ligeramente.

Joder, quería correrme.

Dejé de beber whisky y me concentré en ella, en aquella mujer voluptuosa que estaba a mis pies.

Su respiración se aceleró y el rubor le tiñó la piel. Se le endurecieron los pezones y su pecho se enrojeció por la excitación. Podía hacer lo que le pedía y pretender que lo disfrutaba, pero no podía forzar su cuerpo a reaccionar así.

Estaba disfrutando cada segundo.

Igual que yo disfrutaba del placer que estaba recibiendo.

—Boca arriba. Que tu culo sobresalga de la cama. —Dejé el vaso de un golpe y casi lo rompí; mi excitación me estaba superando.

Cuando apartó los dedos, vi los hilos de humedad adhiriéndose a ellos antes de romperse.

Jesús.

Se puso boca arriba en el borde de la cama, con las rodillas contra el pecho.

Me posicioné frente a ella y coloqué sus pies contra mi torso, mirándola desde arriba como si fuera mía. Sin apartar la vista de ella, me desabotoné la camisa y me la quité. Gemí en cuanto sus pies tocaron mi pecho desnudo. Lo siguiente fueron mis pantalones, que me desabroché. Los bajé, junto con mis bóxers, ansioso por introducirme en ella. Sabía lo húmeda que estaba su vagina; ya había estado dentro antes.

La agarré por las caderas y la ajusté debajo de mí, alineándola perfectamente para que tomara mis veintidós centímetros.

—Monada.

Sus manos subieron a mis muñecas, aferrándose a ellas como de costumbre.

—¿Sí, señor?

Cerré los ojos y respiré a través del placer, adorando su completa obediencia. London era tan sexy que aquello era una tortura para mí.

—Dime que te lo coma. —Sabía que le había gustado la última vez que lo hice, y francamente, a mí me encantaba. Su sexo era tan dulce que podía pasar el día entero comiéndoselo.

En lugar de mostrar duda, sus ojos resplandecieron llenos de excitación. Lo ocultó instantáneamente, pero no lo bastante rápido como para esconderlo del todo.

—Cómeme el coño, Crewe.

Me incliné sobre ella y la agarré del pelo antes de besarla con suavidad. Mi lengua transfirió algo de escocés a su boca, y el líquido ambarino se movió sobre nuestras lenguas. Exhalé en su boca cuando sentí sus pechos firmes apretándose contra mi pecho. Ahora que tenía su boca, no quería apartarme; besaba de un modo increíble.

—Sí, monada. —Rompí nuestro beso y me puse de rodillas en el suelo de madera. Me subí sus piernas a los hombros y la devoré, chupando su clítoris y saboreando su perfecta dulzura.

Al principio no hizo ruido, pero al final no pudo esconder su placer. Gimió desde la cama y me enterró las manos en el pelo. Arqueó la espalda y movió las caderas, dándome acceso a todo.

Podría seguir haciendo aquello durante toda la noche, y estuve tentado a meneármela mientras seguía lamiéndola y besándola. Su sexo era un pedazo de cielo, y quería saborearlo en el almuerzo y en la cena. Pero mi erección estaba ansiosa por estar dentro de ella, por dilatar su vagina.

Le chupé el clítoris con fuerza antes de levantarme del todo. Con los brazos la sujeté por detrás de las rodillas y se las separé a ambos lados del cuerpo; la punta de mi miembro encontró su entrada él sólo. Sentí la humedad sin siquiera empujarme dentro.

Lo deseaba tanto como yo.

—Monada, dime que te folle.

Sus manos volvieron a cogerme de las muñecas.

—Fóllame, Crewe. —Tenía los labios hinchados de los besos, y los pezones duros como diamantes. Su agarre sobre mis muñecas se apretó con su anticipación.

Introduje bruscamente mi miembro en ella, deslizándome por la humedad y la estrechez. Me hundí profundamente, sintiendo con su carne reaccionaba apretándose en torno a mí. Su cuerpo se aclimató lentamente a mí, intentando ajustarse para que pudiera aceptar cada centímetro de mi largo miembro.

La sensación era tan increíble como la última vez.

La embestí lentamente, gimiendo desde el fondo de la garganta mientras reclamaba a la mujer que tenía debajo. Al llegar a mis manos, me había parecido alguien sin nada destacable, pero ahora creía que era excepcional, el tipo de mujer que nunca creí ir a tener el honor de conocer hasta que apareció en mi vida. Nunca me había doblegado tanto por alguien, nunca me había retractado ni había disminuido un castigo por compasión.

London me provocaba cosas extrañas.

Mis manos abandonaron sus rodillas y subieron a sus pechos. Los cogí mientras me introducía poco a poco en ella, deslizándome dentro y fuera de su perfección. A mi miembro le encantaba estar así; no quería salir nunca.

Sus tetas eran incluso más perfectas, tan redondas y firmes. Le rocé los pezones con los pulgares, moviendo con brusquedad la carne endurecida. La miré a los ojos mientras le entregaba toda mi longitud una y otra vez. Sentía como la humedad bajaba desde la base de mi miembro hasta mis testículos cuando chocaban con su trasero. Ni siquiera había necesitado lubricarme antes de entrar en ella.

Quise embestirla con todas mis fuerzas y hacerlo tan duro como fuera posible, pero ahora que nos movíamos juntos disfrutaba de la lentitud, de los movimientos sensuales de nuestros cuerpos. Me encantaba la sensación del suyo moviéndose lo bastante lento como para saborear cada segundo. Por primera vez en mi vida, no quería follar con rapidez.

Quería seguir así.

Los sonidos ahogados que profería fueron haciéndose más altos conforme nos movíamos. Sus gemidos se convirtieron en jadeos, y esos jadeos en gritos. Las tetas le temblaban cada vez que me introducía en ella, moviéndose con mis embestidas.

—Eres jodidamente hermosa, monada. —Subí una mano a su garganta y apoyé los dedos en ella. Sentí como su pulso martilleaba bajo la piel, latiendo desde lo profundo de su cuerpo. Su sangre se movía furiosa por sus venas, viajando a su corazón y de vuelta otra vez. Me encantaba tenerla en mi agarre de hierro.

Me incliné sobre ella y la besé, profundizando el ángulo de mis embestidas. Mi miembro llegó a un nivel más íntimo, golpeándola justo en el lugar que volvía locas a todas las mujeres. Mi pelvis se frotó contra su clítoris, estimulándolo al mismo tiempo. Moví la mano hasta su nuca y la agarré con fuerza.

—Dime que me corra dentro.

Movió la boca cuando coloqué la mía sobre la suya.

—Córrete dentro de mí...

Aceleré mis embestidas, hundiéndola en el colchón. Mi erección llegaba bien dentro cada vez que entraba en ella, y me preparé para su orgasmo; podía leerlo en sus jadeos y gemidos. Había tenido sexo con mujeres suficientes como para saber cuándo estaban a punto de correrse. Contuve el mío mientras esperaba, sabiendo que ella también estaba a segundos de caer por el precipicio.

—Córrete para mí.

London se mordió el labio inferior de un modo muy sexy antes de apretarse en torno a mí.

—Oh, Dios... —Subió las manos por mi pecho y cuello hasta cogerme el rostro entre las dos. Acercó mi boca a la de ella y respiró conmigo; sus gemidos subieron hasta convertirse casi en gritos—. Crewe...

Ni siquiera le había ordenado decirlo.

—Aquí va, monada. —Había fantaseado con aquello incontables veces. Quería llenarla tanto que no fuese capaz de andar sin que se derramara por el suelo. Quería que estuviese llena de mí durante el resto del día.

London todavía estaba en medio de su clímax, y me enterró las uñas en la carne mientras se sujetaba.

—Crewe...

Mi miembro se hinchó antes de liberarse. Me enterré todo lo posible en ella, queriendo que recibiera hasta la última gota. Una oleada de placer me recorrió entero, y casi me olvidé de respirar. Gemí y la besé con violencia, sintiendo como me recorría el calor. Me corrí con fuerza y durante largo tiempo, disfrutando cada minuto del exquisito placer. Era una sensación maravillosa, como si el mundo y todos los que vivían en él fueran míos.

A pesar de haber acabado ya, no salí de su interior. No quería abandonar jamás el calor de aquella mujer. Era mejor amante que cualquiera que hubiese tenido antes, y eso ya era decir, porque había tenido a algunas de las mujeres más hermosas y seguras de sí mismas del mundo. Pero había algo en London que satisfacía mis más oscuros deseos.

Salí lentamente de ella y observé como mi semen salía de su sexo empapado. Admiré mi trabajo, mi reclamo.

—Ponte a cuatro patas.

Me miró sorprendida, todavía jadeante y temblorosa.

—¿Crees que he terminado?

ARIEL Y YO CENAMOS JUNTOS EN MI RESTAURANTE favorito de Escocia, The Kitchin. Técnicas francesas en exquisiteces escocesas; era uno de mis lugares favoritos de Edimburgo. Ariel apenas comía nada, así que mi elección le daba igual. Su insistencia por estar delgada era incomprensible para mí; era lo bastante guapa como para estar como quisiera estar. A mí personalmente me gustaban las mujeres con curvas. London tenía las caderas perfectas, una bonita curva en la cintura y unas tetas preciosas.

Pedí las vieiras y Ariel el fletán. Era complicado no pedir marisco cuando nos encontrábamos tan cerca del mar del norte, el lugar de donde los pescadores habían sacado el pescado fresco justo aquella mañana.

Hablamos de trabajo, como de costumbre. No tocábamos temas como nuestras vidas personales a menudo; teníamos demasiadas otras cosas que discutir a diario. Encargarnos de dos enormes compañías —una criminal y otra privada— nos robaba mucho tiempo.

Bebimos vino y nos comimos los entrantes, conversando sobre los nuevos cargamentos de escocés que habíamos enviado a América. Allí tenían su propia versión del escocés, conocida como bourbon, pero la mayoría de los restaurantes preferían mantener ambas selecciones a mano.

—Nuestro pequeño ardid con Joseph ha parecido funcionar. —Ariel agitó su vino en la copa antes de darle un sorbo.

Eso se quedaba corto.

—Sí. Es muy receptiva.

—Eso he oído. —Me lanzó una miradita, elevando la comisura de los labios en una sonrisa. A pesar de su animadversión por London, no dijo nada malo sobre ella en mi presencia—. ¿Por fin se encuentra bajo control?

—Sin duda. —Cuando le decía que hiciese algo, lo hacía. A veces aparecía esa mirada en sus ojos, una de pura molestia por la situación en la que se encontraba, pero me obedecía de todas formas. Aquella batalla siempre me ponía a cien.

—¿Va a llevarla con usted a la cena del sábado, entonces?

Miré el vino antes de contestar.

—No estoy seguro.

—Puede que debiera llevar a otra persona. Josephine se encontrará allí.

Me bebí el resto del vino antes de dejar la copa sobre la mesa.

—No me importa que esté; no voy a perder una oportunidad de hablar con su majestad. Esa mujer no significa nada para mí.

Ariel me miró con frialdad, sugiriendo que no me creía.

—Aún creo que debería llevar a alguien, y cuanto más mona, mejor.

London era la definición de mona. Esos hermosos ojos verdes suyos iluminarían instantáneamente la sala. Estaría magnífica con un vestido de satín de diseñador. Todos la verían de mi brazo y se preguntarían de dónde la había sacado. Parecería una reina, y me haría parecer un rey.

—Me llevaré a London. Seguro que todo irá bien.

Ariel enarcó una ceja.

—¿Está seguro?

—Sí. —La tenía bajo control.

—Porque tiene una fila de mujeres entre las que elegir.

Eso era cierto, y todas eran hermosas, interesantes e inteligentes.

—Está en cabeza en la lista.

Ariel ladeó la cabeza.

—¿Es su juguete, o algo más, Crewe?

—Juguete —contesté de inmediato—. No tiene que preocuparse por eso.

Pareció creerme, porque apartó la mirada.

—Bien. Porque es una pareja terrible para usted. Basura estadounidense. No sabe absolutamente nada de etiqueta, ni de cómo ser una dama, y sin duda no tiene ni una puñetera gota de sangre escocesa.

Su discriminación siempre me divertía.

—Para ser una dama, maldice usted mucho.

—Porque estoy con usted —me recordó.

—Y yo tampoco parezco escocés. Quién sabe lo que es ella.

—Ya ha entendido a lo que me refería, Crewe. —Bebió vino

de nuevo—. No se haga el tonto. Si quiere tener hijos algún día, no puede elegir a cualquiera. Porta historia en su sangre, porta el escocés en su sangre. No se enamore de una puta estadounidense.

—Entiendo que no le caiga bien, pero no la llame así, por favor. —No tenía razones para defender a London, y no debería importarme cómo la llamase Ariel, pero ya que me estaba acostando con ella todas las noches, me sentía obligado a defender su honor. La verdad era que respetaba a aquella mujer. No al principio, pero me había forzado a ello con su rápido ingenio y su inteligencia superior.

Ariel apretó los labios, acabando con aquella conversación. Nunca se disculpaba por sus errores, si no que continuaba hacia adelante con la cabeza bien alta. Jamás, en todo el tiempo que habíamos estado trabajando juntos, la había oído admitir tener la culpa de algo.

Su silencio fue suficiente.

—Gracias.

—Entonces, ¿se la lleva a la cena? —volvió a preguntar—. ¿Es su decisión final?

—Sí.

Sacó el teléfono móvil y tomó algunas notas.

—Me encargaré de su vestido de noche, y encargaré a Frans que se ocupe del peinado y el maquillaje. Es una chica guapa, pero tenemos que hacer que esos rasgos brillen.

De vuelta al trabajo, como siempre.

—Ya brillan, pero los haremos resplandecer como estrellas.

Regresé al castillo Stirling bien entrada la noche tras finalizar con una reunión en el centro de Glasgow. Había estado fuera todo el día, y me pregunté qué habría hecho London mientras yo no estaba. Normalmente se quedaba en el dormitorio para evitar a los otros hombres en mi nómina. Tenían ordenado no tocarla de no ser necesario, pero comprendía su desconfianza a la hora de estar junto a ellos cuando yo no estaba cerca.

Saludé a los hombres de la salita antes de subir a los aposentos reales. Apestaba a puros y escocés, pero de vez en cuando me gustaba el olor. Me traía recuerdos de hacía mucho tiempo atrás.

Entré y la encontré sentada en la sala de estar, con un libro en el regazo. Tenía el pelo echado sobre un hombro y las piernas cruzadas, y transmitía un aspecto elegante. No había oído la puerta, así que aproveché para mirarla en su estado natural.

Se humedeció los dedos antes de pasar la página, e incluso eso me pareció excitante.

—Hola, monada.

Levantó la cabeza bruscamente y miró por encima del

hombro, pareciendo avergonzada de que la hubiese atrapado con la guardia baja.

—Has estado fuera mucho tiempo... —Cerró el libro y lo dejó sobre el regazo.

—Tenía unas cuantas reuniones que atender. —Me senté en el sillón de al lado, apoyando el brazo en el respaldo del sofá y descansando la mano en su cuello. Llevaba puesto unos leggings y una camiseta, y tenía el pelo recogido en una trenza. Incluso vestida con ropa suelta seguía siendo hermosa.

London no retrocedió ante mi proximidad. Simplemente la aceptó, como tenía que hacer.

—Hueles a puro.

—He fumado unos cuantos.

—Fumar es malo. ¿O es que los escoceses no se lo creen?

La comisura de los labios se me elevó a modo de sonrisa.

—No sabía que te interesaba tanto mi bienestar.

—No me interesa. —Dejó el libro a un lado, rompiendo el contacto visual conmigo—. Sólo espero que no huelas a eso todo el tiempo. No es mi olor preferido.

—¿Los has fumado alguna vez?

—Nunca.

—Siempre hay una primera vez para todo, ¿verdad?

—Paso. —Dejó las manos sobre el regazo.

Le miré los labios y noté lo carnosos que eran. La había besado innumerables veces, pero siempre quería más. Moví la mano a su nuca, y la sostuve en aquella posición mientras me inclinaba para besarla. En cuanto la toqué, sentí cómo la electricidad me atravesaba las venas. Incluso los besos simples, tanto si eran cariñosos como sensuales, hacían que se me doblasen las rodillas. No estaba seguro de si era por ella, por mí, o por los dos.

Sus labios se movieron lentamente con los míos, temblando ligeramente ante la caricia. Tomó aire profundamente; su pecho se elevó hacia mí. Cuando exhaló contra mi boca, pude sentir el calor de su abrazo. Sabía que aquellos besos la hacían temblar tanto como a mí.

Me aparté y le acaricié el pelo mientras la miraba a los ojos.

—Tengo una cena a la que asistir el sábado por la noche. Me gustaría que me acompañaras.

Abrió la boca para discutir o preguntar, pero la cerró abruptamente, sabiendo que no tenía nada que decir al respecto.

Me dio pena.

—Puedes hablar con libertad. —Seguí acariciándole el suave cabello con los dedos, y me di cuenta de que la echaba de menos. Echaba de menos los comentarios listillos que solía hacer, incluso echaba de menos la forma que tenía de insultarme a la primera de cambio. Añoraba a la mujer fiera, fuerte e independiente que había secuestrado hacía meses.

—¿Dónde está la trampa? —susurró.

—No hay trampa. Quiero que seas tú misma... en ocasiones.

—Qué generoso de tu parte... —Me miró con frialdad.

Me incliné para volver a besarla, curioso por saber cuál sería su reacción. Como sospechaba, me devolvió el beso con la misma pasión y sensualidad ardiente de antes. Su cuerpo siempre reaccionaba igual al mío, como si fuera susceptible a nuestra química.

Me hizo preguntarme si todo lo que decía eran sólo palabras, sólo una actitud forzada.

—Ariel ha arreglado el asunto de tu vestido de noche y todo lo demás. Nos marcharemos rumbo a Edimburgo el sábado por la tarde.

—¿Cómo de lejos está Edimburgo?

—A una hora. Normalmente menos con mi conductor. —Reí para mí mismo.

London le echó un vistazo a mis labios, como si quisiera otro beso.

—Y, ¿de qué trata esta cena a la que asistiremos?

—Es para celebrar la *Holyrood Week*. Es la celebración en la que Escocia le da la bienvenida a su majestad la reina. Hay un desfile durante el día, festividades durante la tarde y luego la gran cena por la noche en el palacio de Holyroodhouse. Lord Provost de Escocia recompensará a los residentes de Escocia por sus extraordinarios logros a lo largo del año.

Se quedó boquiabierta por la sorpresa.

—¿Hablas en serio?

—Sí. —Continué explorando su cabello con los dedos. Estaba obsesionado.

—¿Te refieres a que es un evento real?

—Supongo. —Había estado haciendo aquel tipo de cosas durante toda la vida; para mí no eran gran cosa.

—Entonces... ¿eres un príncipe o algo parecido?

—Dios, no —dije resoplando—. Y no me llames nunca así. Estoy emparentado con la familia real, pero no tengo función alguna en el parlamento.

London seguía sin entenderlo.

—No lo entiendo.

—La reina de Inglaterra es la líder de Inglaterra, pero en realidad es sólo una representante. El que está a cargo de los asuntos de estado es el primer ministro. Pues lo mismo pasa conmigo.

—Ah, ya... —Jugueteó con los dedos, como si no pudiese quedarse quieta—. No creo ser la mejor opción para ir a un evento así. —Ya que le había entregado un período de gracia, no tenía que obedecerme sin dudar—. No sé nada de las costumbres, ni de cómo hacer una reverencia siquiera.

—No tienes que hacer reverencias para nadie. Un apretón de manos es suficiente.

—¿Puedo darle la mano a la reina? —inquirió incrédula.

—Sería muy maleducado no hacerlo, ya que voy a presentaros.

—Oh, Dios mío... —Se tapó la boca con la mano como si no pudiera creerlo—. No sé si es buena idea. Voy a avergonzarte.

Me incliné y la besé en la comisura de los labios, sintiéndola derretirse con mi toque.

—Jamás podrías avergonzarme. Eres absolutamente hermosa.

Por primera vez, su expresión se suavizó. Me miró con los labios ligeramente separados y con ojos amistosos. No había muros rodeando su corazón y su alma. No había juegos, ni defensas. Pero cuando pasó aquel momento, las fortificaciones volvieron a su sitio.

—Es que... no sé cómo actuar. No sé qué decir.

—Estaré allí contigo. No te preocupes por eso.

—¿Por qué no te llevas a una de tus asiduas? —Su tono se endureció hacia el final.

Ladeé la cabeza.

—¿Otra vez con los celos?

—Por enésima vez, no estoy celosa.

—Yo creo que sí. —Sonreí; disfrutaba cuando se alteraba al imaginarme con otras mujeres—. Y no quiero ir con ellas. Quiero ir contigo.

—¿Ni siquiera con tu diplomática francesa?

¿Le había hablado de Sasha? Ni siquiera recordaba la conversación. Y si no la recordaba, resultaba sorprendente que ella sí lo hiciera.

—¿A Sasha?

—Como se llame —dijo fríamente—. ¿Por qué no quieres llevarla?

—Ya ha conocido a la reina múltiples veces. Y no, prefiero llevarte a ti.

—¿Puedo decidir?

Mis dedos se movieron hasta su cuello.

—No. —La miré con dureza, comunicándole que la decisión era firme—. Puedes quejarte y llorar, al menos hasta que te diga que se te ha acabado el tiempo.

Sabía que quejarse era una pérdida de tiempo.

—Estoy nerviosa.

—No lo estés; sé tú misma.

—Entonces, ¿debería entrar allí y decirle a todo el mundo

que estoy siendo retenida en contra de mi voluntad? —Me desafió, siendo la listilla de costumbre.

Había echado de menos esa actitud fiera.

—Si lo hicieses, me parece que todos te tomarían por loca.

—No si te conocen...

Me incliné y le di otro beso, queriendo que algo me sustentase mientras me duchaba.

—Voy a ducharme. Cuando salga, volveremos a la normalidad.

London me besó con la misma sensualidad, a pesar de no tener que hacerlo.

Y aquello realmente me hizo sentir como un rey.

16

LONDON

Crewe terminó en el baño y entró al dormitorio con una toalla alrededor de la cintura. En su pecho todavía brillaban gotas de agua, y seguía teniendo el pelo húmedo. Era todo músculo y poder.

Intenté no mirarlo fijamente.

Había estado fuera todo el día y la noche. Cuando entró por la puerta, ya era casi medianoche. Había dicho que había estado todo el día trabajando, pero, en mi cabeza, me pregunté si sería realmente cierto. ¿Estaba pasando tiempo con sus asiduas? Había dicho que tenía algunas en Glasgow. Habría tenido que ser muy densa para creer que nuestra situación cambiaría su promiscuidad.

Dejó caer la toalla; tenía un culo bonito y firme. Se puso un par de bóxers limpios y nada más, ya que pronto se iría a la cama. Y dormía desnudo, así que los bóxers tampoco eran necesarios.

Me senté al borde de la cama e intenté ignorar lo bueno que estaba.

Se subió al colchón y se deslizó por él hasta quedar a mi espalda. Su rostro se movió hasta mi cuello con besos decadentes. Su aliento cálido me llegó al oído, y tiró de mi camiseta para dejarme uno de mis hombros al descubierto, exponiendo más piel que acariciar.

Por mucho que odiase que me mandase todo el tiempo, me encantaba recibir afecto por su parte. El sexo era bueno, y yo sacaba tanto de ello como él. Si no me sintiera atraída hacia Crewe, hubiese sido más traumático, pero ya que me satisfacía cada noche con sus caricias, la verdad era que no era tan malo.

Era importante seguir siendo positiva.

Joseph vendría a por mí, o escaparía yo sola. Sólo tenía que ser paciente.

Crewe me tumbó en la cama y se inclinó sobre mí, de manera que la única parte de nuestra anatomía que coincidía en la misma altura fueron los labios. Desperdigó besos por mi barbilla, con la cara recién afeitada. Sus labios se movieron hasta los míos y me besó con suavidad, en el tipo de beso que me hacía encoger los dedos de los pies.

Sus caricias eran agradables, pero entonces la imagen de Sasha me apareció en la cabeza; una hermosa mujer a la que nunca podría compararme. Salí de debajo de él y me senté.

—Quiero preguntarte algo.

Me miró con hielo en los ojos.

—No me preguntarás nada hasta que yo te dé permiso.

Cuando era así de dominante, sólo podía escuchar. Tuve que contener mi réplica y no abofetearlo. Tenía que someterme, rendirme.

—¿Y tengo tu permiso?

Volvió a tumbarme en la cama y me colocó tal y como me quería. Todavía llevaba la ropa puesta, así que me arrancó la camiseta y me desabrochó el sujetador con una mano.

—Que sea rápido. —Me quitó los leggings a tirones y las braguitas con ellos.

Cuando miré su cuerpo endurecido, sentí como el mío se volvía suave y húmedo. Mi sexo latió, llamándolo para que me llenase. Quería negar que disfrutaba siendo manipulada para tener sexo, pero ya no podía; era el mejor sexo que había tenido nunca.

—¿Has estado con otra mujer esta noche?

Se quitó los bóxers, mostrando su miembro palpitante. Me miró con agresividad, como si la pregunta le molestase.

—¿Y qué importancia tiene?

—La tiene porque no quiero atrapar nada. Si estás acostándote con otras tengo derecho a pedir un condón.

—Tú no tienes derecho a nada. —Tiró de mí hasta que quedé debajo de él y se situó sobre mí. Movió las caderas y frotó su miembro por mi humedad. Agachó la cabeza y pasó la lengua por el valle que formaban mis pechos, lamiéndome el cuello al final del trayecto.—. Te follaré exactamente como quiera follarte. —Se introdujo violentamente en mí, dilatando mi pasaje sin que mi cuerpo tuviese tiempo para prepararse.

Le agarré el bíceps y me quedé allí, disfrutando de lo llena que me hacía sentir.

—Contéstame ya... —Estaba perdiendo el norte con aquel rey escocés sobre mí.

—Contestar... —Embistió—. ¿El qué? —Me hundió en el colchón y empujó dentro de mí, alcanzando mi lugar favorito y haciendo que me temblasen las rodillas. Me agarró el pelo de la nuca con una mano mientras me mantenía quieta, esforzándose en mover las caderas para follarme.

—¿Has estado con otra esta noche? —Tenía que saber la respuesta.

Se enterró en mí y se quedó inmóvil, todavía encima.

—Lo que haga o deje de hacer no es asunto tuyo. Si me follo a otras mujeres no es asunto tuyo.

—Sólo quiero...

—Cállate. —Su mirada oscura se clavó en mí mientras volvía a embestirme—. No vuelvas a preguntármelo. ¿Me has oído?

Jamás obtendría respuesta, y sentí un pinchazo de dolor por ello. ¿Eran celos? ¿Era por razones puramente sanitarias? ¿O simplemente quería saber más de él, de mi enemigo?

—Sí, señor.

—Bien. —En su pecho empezaron a aparecer gotitas de sudor mientras entraba y salía de mí—. Y ahora fóllame, monada.

CUANDO DESPERTÉ A LA MAÑANA SIGUIENTE, CREWE no estaba. Nunca estaba conmigo por la mañana, siempre se marchaba a otra parte del castillo con el resto de sus hombres. A veces iba a la ciudad para alguna reunión. Era un hombre ocupado con una agenda muy llena.

Estaba cansada de estar sentada en aquel dormitorio. Tenía un mundo precioso justo al otro lado de la ventana, pero no lo estaba aprovechando. No era un centro turístico con piscina y spa, pero tenía jardines preciosos y miles de habitaciones que explorar.

Y yo había estado atrapada allí dentro todo el tiempo.

Ignoré la bandeja del desayuno que había a la puerta y bajé la escalinata en ropa de deporte. Estaba desesperada por estirar las piernas y hacer correr la sangre de una forma que no tuviera que ver con el sexo. Cuando llegué a la entrada, Dunbar me vio.

—No vas a volver a escapar, puta.

Quise romperle la nariz.

—Sólo estoy buscando a Crewe.

Se me acercó al pie de las escaleras, con una pinta aterradora con esa cicatriz que tenía en la cara. Llevaba puesta una chaqueta negra de cuero, una pistola en la cintura y un cuchillo.

—Vuelve a meter el culo en tu habitación. —Me cogió del codo y tiró de mí con más fuerza de la necesaria.

Me retorcí en su agarre y le estampé la mano en la nariz.

—No me toques.

Gruñó cuando empezó a sangrar, y me dio una bofetada tan fuerte que me tiró al suelo.

—¿Quieres jugar duro, zorra? Pues entonces jugaremos duro.

Me arrastré lejos de su alcance para que no pudiese volver a cogerme, ignorando la quemazón que sentía en la mejilla.

—Crewe te dijo que no me tocases así.

—Estás intentando escapar. —Se me acercó y me agarró del tobillo—. Las reglas ya no son válidas. —Me arrastró bruscamente por el suelo de piedra, arañándome la piel con las juntas de las losas.

Dunbar sonrió mientras me observaba luchar.

Hice lo único que podía hacer.

—¡Crewe! —grité a viva voz, esperando que siguiese en los terrenos y pudiese oírme.

—Se ha ido durante toda la tarde. —Me tiró de la pierna y me forzó a girar el cuerpo—. Así que estamos solos tú y...

—Suéltala. Ahora. —La voz de Crewe se amplificó en la enorme sala, llegando hasta lo más alto del techo abovedado. Ahora que Dunbar había dejado de respirar y de tirarme de la pierna, pude oír sus pasos.

Dunbar me soltó inmediatamente.

—Intentaba huir otra vez.

—¡Mentira! —No me estaba mirando, así que le di una patada en la espinilla.

—¡Joder! —Dio un salto a la pata coja y pegó la pierna al pecho, apartándose—. ¡Zorra!

—Hay mucho más de donde ha salido ese, imbécil. —De todos los hombres de Crewe, era a él a quien más odiaba. Y echaba desesperadamente de menos a Finley, la única persona que siempre me había mostrado respeto. Ariel era una zorra, pero al menos nunca me había puesto la mano encima.

Crewe se acercó a mí y me miró desde arriba con expresión helada.

—¿Intentabas escapar? —Las consecuencias de mis acciones llenaron el espacio entre nosotros.

—No.

—Entonces, ¿qué haces vestida así? —Asintió hacia mi ropa de deporte.

—Iba a preguntarte si podía salir a los terrenos o ir a correr o algo. —Me examiné la pierna para asegurarme de que no estaba torcida ni herida antes de levantarme—. Estoy harta de estar encerrada todo el día en la habitación.

La hostilidad de Crewe disminuyó, y supe que me creía.

—Puedes visitar los terrenos con Dunbar.

Aquello era peor que quedarse en una habitación todo el día.

—Crewe, no voy a volver a huir...

—No me insultes —dijo con un tono helador—. Si se presenta la oportunidad, ambos sabemos que la aprovecharás. Dunbar te escoltará. —Se dio la vuelta para marcharse, como si la conversación hubiese acabado.

—Espera. —Lo alcancé y entrelacé el brazo con el de él, tocándolo por primera vez aquel día. Sentí la fuerza de sus brazos en cuanto nos tocamos. Justo la pasada noche, aquel poderoso cuerpo había estado encima del mío, apresándome contra el colchón—. Me hace sentir incómoda. —Sabía que Dunbar haría algo más siniestro si tenía la oportunidad. No me veía como la mujer de Crewe, sólo como su prisionera y nada más.

—Pues vete a tu habitación. —Me miró fijamente, con expresión aún fría.

—¿Podrías acompañarme tú? —A pesar de que Crewe era la razón de que estuviese allí, era con la única persona con la que me sentía cómoda. Él jamás me haría daño de verdad. Y cuando me besaba y me follaba, me gustaba—. Ese tipo no me gusta. —Me puse de puntillas y le di un beso, sintiendo la barba de su barbilla y mandíbula.

Me devolvió el beso de inmediato, moviendo los labios lentamente.

Me aparté, sintiendo el ardor en la boca en cuanto nos tocamos. Quería continuar, pero Dunbar nos estaba mirando sin pestañear.

Cuando Crewe me miró, su mirada se suavizó.

—Soy un hombre ocupado, monada. No puedo estar de niñera todo el día.

—Lo sé, pero...

—Ariel puede vigilarte. ¿Te parece mejor?

Ariel no me haría daño, pero no era mucho mejor.

—Tú debes hacer ejercicio en algún momento. ¿Puedo ir contigo?

—No podrías mantenerme el ritmo.

Entrecerré los ojos, ofendida.

—Te sorprendería.

—De hecho, me sorprendería muchísimo que pudieses.

Aquel comentario sexista me enervó, pero la atracción no desapareció.

—Acepto tu desafío.

Su brazo me rodeó la cintura y me empujó hacia su pecho, sin importarle que alguien pudiese estar mirando. Colocó los labios sobre los míos y me besó con fuerza, enterrando la mano en mi pelo.

Me quitó el aliento.

Me soltó y se marchó.

—¿Puedo acompañarte hoy? A dónde vayas tú, iré yo.

Se dio la vuelta; su traje negro se amoldaba perfectamente al contorno de su cuerpo.

—Soy un hombre muy ocupado. Y tú una distracción.

—Me quedaré callada.

—No. —Su voz se tornó fría—. Ariel te sacará una hora al día. Eso es todo.

—Crewe, no soy un puto perro. —Odiaba aquel trato. No tenía derechos ni opciones. Lo único que quería era pasar algo de tiempo al sol, y ni siquiera podía tener eso—.

Necesito más que eso. En la isla Fair pasaba todo el día fuera. Me estás torturando dejándome aquí dentro.

—Eres una prisionera —ladró—. Acostúmbrate.

La mano me picó con la urgencia de darle una bofeteada para quitarle ese humor.

—¿Y si...?

—Silencio. —Cuando sus ojos se volvieron negros, supe que la cosa iba en serio—. Di otra puta palabra y verás lo que pasa. —La amenaza quedó en el aire; la vida de mi hermano volvía a estar en peligro.

Por mucho que me matase por dentro, permanecí callada.

—De rodillas.

Detestaba obedecer como un perro. Detestaba no tener derechos. Lo único que podía hacer era escuchar cómo aquel loco me lanzaba orden tras orden, pero haría cualquier cosa si mi familia estaba en juego, incluso las que despreciaba.

Me puse de rodillas.

Crewe me miró con una expresión dura, mostrando su aprobación en la mirada. Se acercó lentamente, eliminando el espacio que nos separaba hasta estar directamente en frente. Le dio una orden a Dunbar, sin quitarme los ojos de encima.

—Déjanos solos.

Los pasos de éste fueron alejándose, abandonando el vestíbulo y perdiéndose en otra parte del castillo.

Crewe se desabrochó el cinturón y se desabotonó los pantalones, sin apartar la mirada de mí. Se bajó la cinturilla de los bóxers para liberar su erección, larga y dura, con una vena hinchada que la recorría entera. El glande era más oscuro que el resto, congestionado de sangre.

—Chúpamela, monada. —Me puso una mano en el pelo y fue reuniéndolo con los dedos antes de cerrar el puño en torno a él.

Nunca le había hecho una mamada. Hacía mucho tiempo que no se lo había hecho a nadie, desde mi último novio de hacía años. El problema era que Crewe era mucho más grande que cualquier hombre a quien se lo hubiese hecho; debía ser la sangre escocesa.

Se agarró por la base y se acarició con el pulgar. Presionó el glande contra mis labios, frotando la cálida piel contra mi boca. Se formó una gota en la punta, y la extendió por mis labios como si fuese protector labial.

Abrí la boca y pasé la lengua por el glande, recogiendo lo que hubiese quedado. El sabor a sal y a su excitación me embargó el paladar, y mi sexo se tensó en respuesta. Volví a lamerlo y abrí la mandíbula todo lo posible. Estiré el cuello para tomarlo centímetro a centímetro. Crewe fue guiándose con la mano y entró en mi boca, descendiendo hasta llegar al fondo de mi garganta.

Estuve a punto de ahogarme.

Crewe cerró los ojos y gimió.

—Monada, tu boca es genial... —Movió lentamente las caderas, hundiéndose todo lo posible antes de volver a salir. No era brusco como había esperado; parecía entender que tenía un miembro considerable.

Aplasté la lengua y me moví con él, aceptando su erección una y otra vez. Tomé aire cuando tuve oportunidad y le sujete la base del miembro. Lo acaricié al mismo tiempo que se introducía en mi boca, y su hinchado glande llegaba a la profundidad de mi garganta. Mi saliva bajó por su longitud hasta acabar en mi mano, otorgándome más lubricación para acariciarlo.

Crewe aumentó el ritmo, entrando profundo y con fuerza. Respiró profundamente mientras le daba placer, con los ojos marrones brillantes. Me puso una mano en la nuca, aferrando un puñado de mi cabello entre los dedos.

—No puedo esperar a correrme en tu boca, monada.

Para mi sorpresa, yo también quería saborearlo. Apreté el agarre sobre su pene y lo acaricié más fuerte, trabajando al mismo tiempo con la boca. Me dolía el cuello del movimiento constante, y las rodillas me ardían por el modo en el que estaba sentada, pero nada me hizo frenar.

Me clavó los dedos en la carne, y se le escapó un gemido quedo de la garganta.

—Aquí viene. —Se empujó hasta el fondo, casi provocándome arcadas varias veces. Embistió violentamente en mí mientras llegaba al clímax. Soltó un gemido alto y se enterró lo más profundo que pudo, soltándolo todo dentro de mí.

Su semen me llegó a la garganta y bajó, goteando por todas partes. Pude saborear parte de él en la base de la lengua, y noté una pizca de sal, entre otras cosas. Observé su expresión mientras me entregaba todo lo que tenía; clavó los ojos en los míos con posesividad.

Cuando terminó, salió lentamente y volvió a cubrirse con los pantalones.

—Enséñamelo.

No estaba del todo segura de lo que quería decir, pero saqué la lengua.

Me miró con aprobación.

—Traga.

La mayor parte ya me había bajado por la garganta, así que consumí el resto.

Sus ojos se oscurecieron antes de extender una mano y ayudarme a ponerme en pie.

—Ariel irá a tu habitación cuando esté lista.

¿Qué? ¿Eso era todo? Mi ropa interior estaba totalmente mojada tras verlo correrse. Crewe siempre se ocupaba de mí, así que aquella despedida me repelió.

—¿Por qué no vuelves conmigo al dormitorio?

Me puso la mano en el cuello, su lugar favorito para tocarme.

—No. Así pensarás en mí durante todo el día.

Ya pensaba en él todo el día, ya fuera con fantasías sobre su muerte o sobre acostarme con él.

Me besó en la boca, a pesar de que acababa de hacerle una mamada hacía sólo un momento. Después me soltó abruptamente y volvió al trabajo como si no acabara de chupársela en el vestíbulo de un antiguo castillo.

ARIEL ESTABA SENTADA EN EL SILLÓN ACOLCHADO CON su tablet, con las gafas de montura negra descansándole en el puente de la nariz. El maquillaje alrededor de los ojos le otorgaba un aire de misterio, y la ropa de diseñador que llevaba puesta la hacía parecer más una modelo que una mujer de negocios. Me miraba de vez en cuando, pero no me dijo ni una palabra.

Disfruté de los árboles y los tulipanes, dejando que el sol me bañase la piel y me hiciese sentir calor. Los muros del castillo nos rodeaban, extendiéndose y girando sobre la tierra verde. A lo lejos había más árboles y colinas, con un paisaje igual de bello. El aire era diferente allí, más limpio y más ligero.

Todo lo que había visto de Escocia había sido precioso. Incluso la isla Fair, en medio del Mar del Norte, te quitaba la respiración. Hacía mucho frío y viento, pero seguía siendo digna de ser vista. Y ahora tenía delante una estructura tan vieja que ni siquiera llegaba a comprenderlo.

No estaba segura de lo a salvo que me sentía con Ariel. Si alguno de los hombres intentase aprovecharse de mí, no creía que fuera a hacer nada para impedirlo. Pero era leal a Crewe, así que asumí que haría todo lo que éste le dijera, pero incluso con esas, no llevaba una pistola encima. Crewe decía que era la más dura de todos, así que quizás poseía talentos ocultos que yo desconocía.

Su actitud era implacable, sin duda.

Caminé por el jardín y me aventuré al otro lado, encontrando una ardilla en un árbol.

—No te alejes mucho. —El tono de aviso de Ariel me dijo que no la desafiase.

Observé a la ardilla hasta que desapareció, y luego regresé al claro. Los tulipanes del parterre eran de colores diferentes: rosas, amarillo, azul, y de todos los colores que pudieses imaginar. El clima de Escocia hacía que el verano pareciera primavera. Era un cambio agradable comparado con el calor ardiente de Nueva York.

Pero seguía añorando aquella humedad.

Me pregunté si mis amigos habrían dejado de buscarme. Me pregunté si la Universidad de Nueva York me habría borrado como alumna del semestre y si me habría reemplazado por otra persona. Me pregunté si la policía se habría rendido y había pasado a ser otro caso sin resolver. Llevaba desaparecida dos meses y medio; eso era mucho tiempo. Seguramente todos creían que me habían desperdigado hecha trocitos en el puerto.

—He encontrado una ardilla —le expliqué—. Sólo la estaba observando. —No le debía explicaciones, pero no quería que pensase que intentaba escapar. Ya lo había hecho una vez y había acabado con el culo al rojo vivo. Había sido una sensación difícil de entender; me había gustado tanto como me había asqueado. Me encantó lo excitado que había estado Crewe. Me encantó que me hiciese un cunnilingus con esa boca que sabía exactamente lo que hacía. Pero me asqueó que al día siguiente tuviese las marcas en el trasero. Después de una semana aplicando ungüento, por fin habían desaparecido.

—Me importa un cuerno lo que estuvieras haciendo —dijo Ariel bruscamente—. No me provoques. —Levantó la vista de su tablet y me miró fríamente con sus ojos azules. Las gafas de montura negra la hacían más intimidante de lo que ya era—. No debería estar aquí haciendo de niñera. —Apretó los labios y sacudió la cabeza—. Con todo lo que hago por ese hombre, no me puedo creer que me rebaje haciendo que me encargue de una tarea tan patética.

¿Cómo podía Crewe trabajar con aquella mujer las veinticuatro horas, los siete días de la semana? Era absolutamente horrenda. Nunca la había visto sonreír ni bromear. Aunque Crewe era intenso, tenía sentido del humor; a veces sonreía con algunos de mis comentarios.

—En su defensa, dije que no confiaba en sus hombres, así que te envió a ti.

Ariel suspiró de pura frustración.

—De mí deberías fiarte todavía menos.

—No pareces interesada en las mujeres, así que creo que estaré bien.

—Hay cosas peores que ser violada —dijo con frialdad—. Seguro que ya lo sabes. Pero bueno, a ti nunca te han violado.

La relación que existía entre Crewe y yo estaba mal, pero no lo consideraba necesariamente una mala persona. Cuando decía que no quería acostarme con él, siempre respetaba mis deseos. Cada vez que estábamos juntos, era mutuo. Debía admitir que me encontraba allí en contra de mi voluntad, que tenía que obedecerlo a pesar de no querer hacerlo, pero el sexo era algo que disfrutaba. La parte que odiaba era la de estar allí atrapada.

—Me odias, ¿no es así?

—Sin duda alguna. —Volvió a mirar su tablet—. Eres una distracción para Crewe. Tiene cosas más importantes que hacer que ocuparse todo el día de su mascota.

—Bueno... ¿y por qué no te haces la ciega y me dejas escapar? —Así no tendría que lidiar nunca más conmigo. No tendría que mirarme a la cara ni oír mi voz. Crewe podría volver a dedicarse al trabajo con toda su atención—. Ambas ganamos.

Volvió a levantar la vista; sus ojos eran penetrantes a través de los cristales

—Por mucho que me gustase hacerlo, le soy muy leal a mi jefe. No dudaré en decirle a la cara que tiene que matarte o dejarte ir, pero no iré en contra de sus deseos a sus espaldas. Respeto mucho a ese hombre.

—Y, aun así, me tratas como a una mierda —señalé.

Ariel dejó la tablet en su regazo; había terminado con lo que estaba haciendo.

—He dejado muy claro lo que pienso de ti, pero Crewe defiende tu honor una y otra vez. Puede ser un caballero de las formas más inesperadas.

Por alguna razón, aquello significó mucho para mí. Crewe me cubría las espaldas incluso cuando no estaba allí. Cuando uno de sus hombres me había atacado, él había estado allí para protegerme. Cuando Ariel me insultaba, me defendía.

—Su forma de ser no tiene sentido. Tiene muchas debilidades, pero al mismo tiempo puede ser muy duro.

—Crewe es un hombre muy complicado. Es compasivo porque ha sufrido más que la mayoría, pero no tiene piedad con la gente que no toma el control de su destino como hizo él.

Quise saber más de él y de su pasado.

—¿Qué le pasó?

—No tengo permiso para contarlo. Si quiere decírtelo, lo hará.

Al parecer, era la única que no sabía nada.

—¿Sigue acostándose con sus chicas de siempre? —Crewe no quería responder a mis preguntas, a pesar de que se las había hecho en varias ocasiones, pero seguía queriendo una respuesta.

Ariel entrecerró los ojos, sintiéndose casi ofendida.

—¿Por qué me preguntas eso?

—Porque tú lo sabes todo de él, ¿no?

—Intento mantenerme apartada de su vida sexual —dijo con frialdad—. No es asunto mío.

—Pero te gusta mencionarme cuando hablas con él.

Su frialdad no bajó de intensidad.

—¿Estás celosa? —Cruzó los brazos sobre el pecho y ladeó la cabeza—. Porque deberías entender ya que sólo eres un juguete, no su amante. Si quiere acostarse con otras, lo hará. No es asunto tuyo.

—Entiendo lo que soy para él, pero merezco saberlo.

—Entonces pregúntaselo tú misma. —Bajó los brazos al regazo.

Tendría que hacerlo; nadie estaba dispuesto a darme respuestas. Era lo bastante importante para que me vigilasen, pero no para que compartiesen información conmigo. Tampoco era que estuviese pidiendo su información bancaria.

—Estoy nerviosa por la cena del sábado. Le he dicho que no debería llevarme, pero quiere hacerlo de toda formas.

Ariel suspiró ruidosamente.

—Yo tampoco tengo ni idea de por qué va a llevarte. Sasha es perfecta para este tipo de cosas.

Odiaba aquel nombre; era como arañar una pizarra.

—Pero Crewe siempre consigue lo que quiere —siguió diciendo con otro suspiro—. Me aseguraré de que estés perfecta, así no quedarás en evidencia.

No importaba lo guapa que estuviese, lo más probable es que quedase en evidencia de todos modos.

CREWE REGRESÓ A LOS APOSENTOS REALES POR LA noche. Había cenado sola y estaba preparándome para ir a la cama. Había podido pasar la tarde fuera, y hacerlo me había ayudado mucho a dejar de estar tan inquieta.

Cruzó la puerta, oliendo de nuevo a puro. Me saludó con una mirada mientras se deshacía la corbata y se dirigió al baño, dejando prendas por el suelo a su paso.

Noté que no estaba de humor para hablar, así que no le pregunté nada, pero recogí la ropa del suelo y la dejé en el colgador para que una de las doncellas se la llevara para lavarlas en seco mañana. Yo no sabía nada de trajes, pero sabía que su ropa debía ser cara y de calidad. No estaba segura de por qué me importaba; el bienestar de su ropa no debería importar. Estaba claro que a él no le importaba mi bienestar como humana.

Tras ducharse, Crewe volvió al dormitorio con una toalla alrededor de la cintura. El pecho le brillaba con las gotas de agua que le caían del pelo y de los hombros. Se detuvo al ver el traje colgando de la parte interior de la puerta, pero no dijo nada.

—No deberías fumar. —No intentaba pelear con él, pero el olor de su ropa me molestaba.

—Creía que no te importaba lo que hiciese.

—Y no me importa, ni tú ni lo que hagas, pero no quiero que acabes con cáncer de pulmón.

Sacó un par de bóxers limpios de su mesita y me miró, arqueando la comisura de los labios.

—Qué contradicción más interesante. No te importo, pero quieres que viva el mayor tiempo posible. Curioso.

—Sólo lo digo como amiga.

—Ah, ¿somos amigos? —Se puso los bóxers y rodeó la cama hasta que estuvimos cara a casa. Seguía teniendo aquella sonrisa arrogante en los labios. A veces, cuando estábamos a solas, me enseñaba una parte de él que no dejaba que nadie más viese. Era juguetón, incluso gracioso.

—No. Yo... —No sabía cómo sacarme del hoyo conversacional en el que me había metido.

—No somos amigos. —Se me acercó; las gotas de su piel resplandecieron—. Los amigos no follan como nosotros. —Se inclinó hacia mí y me besó la comisura de los labios. El aroma de su cuerpo me embargó.

Olvidé lo que estaba diciendo y me derretí en aquel beso, acariciándole los labios con los míos. Cuando me poseía, me hacía olvidarlo todo. No pensaba en mi hermano, ni en mi cautiverio, ni en nada.

Se apartó de mí, aunque nuestros labios siguieron unidos un poco más.

—Ariel me ha dicho que hoy lo ha pasado muy bien.

Puse los ojos en blanco.

—Mentiroso.

Rió entre dientes y se acercó a la mesa donde tenía su whisky; la doncella traía una cubeta de hielo todas las noches para que pudiese beber su alcohol tal y como le gustaba. Se sirvió un vaso y tomó un largo trago antes de volver a dejarlo en la mesa.

—Sigue sin ser tu mayor seguidora.

—Qué coincidencia —dije, sarcástica—. Yo tampoco soy la suya.

Se sirvió otro vaso.

—Bebes demasiado. —Uno al día estaba bien, pero él debía beber como doce. Irónicamente, nunca lo había visto borracho. A menos que estuviese así todo el tiempo y nunca lo hubiese visto sobrio.

Ignoró mi observación y tomó otro trago

—Ha dicho que eras una entrometida.

—¿Entrometida?

—Que preguntas sobre mi pasado y mis mujeres.

No me gustó que se refiriera a ellas en posesivo; me hizo sentir molesta.

—Fue ella la que sacó lo de tu pasado, eso no cuenta.

—¿Entonces por qué preguntas por lo otro? —Volvió a beber y dejó el vaso sobre la mesa.

—¿Cómo puedes beber así?

—¿Y qué más te da? —Se lamió los labios sólo para probar el líquido otra vez.

—Creo que nunca te he visto beber agua.

—Me has visto beber café.

—¿Y eso es agua? —No pude contener mi genio; siempre salía cuando hablaba con él

Sonrió

—No te gusta que fume, no te gusta que beba...

—No me importa que bebas. Pero bebes mucho.

—Lo que tú digas —dijo—. Y no te gusta que me acueste con otras. Hmm... qué interesante. —Se puso frente a mí, mirándome fijamente con esos cálidos ojos marrones—. Suena a que me tienes mucho cariño.

—No te tengo cariño. Si pudiera irme ahora mismo, lo haría.

—¿De verdad? —me desafió—. No sé si sigo creyéndomelo.

—Pues entonces destruye ese detonador y lo demostraré.

Me intimidó con la mirada sin decir palabra.

—La única razón por la que quiero saber si te acuestas con otras es porque no quiero pillar una enfermedad. Estaba limpia antes de conocerte, y pretendo seguir así. —No era una petición injusta. Tenía derecho a saberlo si concernía a mi salud.

—Estoy limpio, monada.

—Pero si te acuestas con otras...

—Como he dicho antes, no es asunto tuyo.

Me dieron ganas de gritar.

—Bien. Pues usemos condones.

Se rió como si fuera una petición absurda.

—No.

—¿Significa eso que te acuestas con más mujeres?

—Entrecerré los ojos—. Lo único que quiero es una respuesta, no una explicación. No me importa que te tires a otras, pero al menos usa condón si lo haces.

—Mentira —dijo—. Sí te importa. Lo sé sólo con mirarte.

Me tragué mi ira.

—No, no me importa. Pero, aunque me importase, ¿qué más da? Eso no debería cambiar tu respuesta.

—Y no la cambia. No hablo con nadie de mi vida, y tú no eres especial.

Por alguna razón, aquella respuesta me dolió. No pude esclarecer el por qué exactamente. Dormía conmigo todas las noches, se acostaba conmigo todos los días, y era la única persona en aquel lado del mundo con la que me sentía medianamente a salvo. Cuando estaba con él, no podía pasarme nada peor.

Me di la vuelta para no tener que seguir mirándolo, dándome la oportunidad de controlar mis emociones para que no se reflejasen en mi rostro.

—Ya que tienes un método tan efectivo de controlarme, ¿por qué no puedo salir sola? Si huyo, matarás a Joseph. Está claro que no dejaré que eso ocurra, así que no voy a irme a ninguna parte. Tanto si estoy supervisada como si no, sigo siendo tu prisionera. —Lo encaré, cruzando los brazos sobre el pecho. Lo miré con estoicismo, escondiendo muy dentro de mí lo dolida que estaba.

Crewe se acercó a la cama y apartó las sábanas, activando después la alarma en su teléfono móvil.

—Tienes razón.

—¿Es eso un sí?

Se sentó con la espalda contra el cabecero; su miembro fue endureciéndose, descansado sobre su vientre.

—Lo pensaré.

Era lo máximo que iba a sacar de él.

—Ven aquí. —Su voz se tornó autoritaria; su deseo era obvio por el calor de su mirada. Su miembro se endureció aún más, convirtiéndose en veintidós centímetros de acero—. Ropa fuera. Ya.

Ver su cuerpo desnudo hizo que el mío se humedeciera. Me quité la camiseta y los pantalones y me senté a horcajadas sobre él; no había estado encima desde la noche en que había intentado seducirlo. Su enorme miembro yacía debajo de mí, caliente y grueso.

Sus manos subieron hasta mis caderas, y colocó la cara entre mis pechos. Me chupó los pezones y los mordió suavemente antes de lamerlos a modo de disculpa. Continuó con el cuello, besándome por todas partes mientras su miembro latía ansioso por estar dentro de mí.

—Creí que te lanzarías a por mi polla en cuanto entrara por la puerta. —Sus manos me acariciaron todo el cuerpo, tocándome por todas partes. Me rozó con los labios la suave piel y rozaron mi oreja.

Nada más quedarme sola, me había tocado y llegado al clímax; sabía que no podría durar todo el día esperándolo. Enterré las manos en su pelo al empezar a restregarme contra él, olvidando el dolor y la ira que me provocaba. Cuando nuestros cuerpos colisionaban así, no podía pensar en otra cosa.

Crewe se apartó y me miró.

—Monada. —Me agarró el culo y me separó las nalgas—. ¿Te has tocado mientras no estaba?

Era una pregunta muy directa, y muy incómoda. Nadie me lo había preguntado nunca.

—Y si lo has hecho, ¿has pensado en mí?

Aquella fue peor, y la respuesta de lo más humillante.

—Contesta con sinceridad —me amenazó—. Si me mientes, lo sabré. —Me miró a los ojos y observó mi expresión. Me observó atentamente, como si fuera un espécimen bajo el microscopio. Su voz cobró más autoridad—. Contéstame.

—Sí.

—¿Sí, qué?

—Sí, me he tocado.

—¿Y? —Su aliento cálido me llegó a la cara.

—He pensado en ti...

Cerró los ojos y gimió suavemente, enterrando los dedos en mi carne.

—Monada. —Me levantó las caderas y me dirigió hacia su pene, y mi sexo goteó sobre él. Estaba tan mojada como siempre. No servía de nada esconder mi excitación cuando era tan obvio. Crewe volvió a gemir al entrar en mí, disfrutando de la húmeda estrechez—. Fóllame con fuerza. —Se apoyó en el cabecero y me guió hacia arriba y hacia abajo con las manos.

Moví las caderas y me hundí sobre su miembro una y otra vez, cabalgándolo tan rápido como pude. Me aferré a sus hombros para mantener el equilibrio, y sentí como mis pechos se movían al mismo tiempo que yo. Mi cuerpo quedó cubierto de sudor y me subió la temperatura. Empecé a gemir sin siquiera darme cuenta, a sabiendas de que aquel hombre era mejor que cualquier fantasía que hubiese tenido nunca.

—Sigue así. —Empujó las caderas hacia arriba, embistiéndome desde abajo. Ambos nos esforzamos por movernos en sincronía, para dar y recibir tanto placer como nos fuese posible. Me agarró un pecho y retorció ligeramente uno de los pezones, haciéndome gemir y poner una mueca de dolor a la misma vez—. Di mi nombre.

—Crewe...

Apretó la mandíbula, excitado, encantándole el control que ejercía sobre mí. Sus poderosos brazos se esforzaron por ayudarme para poder continuar al ritmo que él disfrutaba.

Me agarró los muslos y me hizo inclinar las caderas, haciendo que me frotase contra él de un modo diferente.

—Así, monada.

Sentí cómo mi clítoris se rozaba contra su hueso pélvico. Era una sensación increíble.

Me besó mientras nos movíamos, y jadeé cuando el placer me embargó. Me encantaba aquella posición. Me encantaba tener sus manos en las caderas, sus labios en los míos, su miembro latiendo dentro de mí, y el roce de mi sensible protuberancia contra su poderoso cuerpo.

—Crewe, me voy a correr...

—Lo sé —dejó escapar contra mi boca—. Tienes un coño muy estrecho.

Moví las caderas lo máximo posible, aceptando tanto de su miembro como pude. Y entonces, sin avisar, exploté. Me corrí en torno a su hombría, mojándolo con mi humedad, y grité tan alto que posiblemente me oyeron en todo el castillo.

Crewe observó mi rostro, enterrando los dedos en mi carne.

—Eres preciosa cuando te corres. —Continuó embistiendo, dándome su erección para hacer que el clímax se volviera eterno.

Disfruté del subidón y lo prolongué al máximo, sintiendo como el cuerpo se me tensaba y relajaba conforme el placer entraba y salía de mis extremidades. Quería aceptar su semen como lo había hecho anteriormente, pero en un lugar distinto.

—Quiero ver cómo te corres otra vez. —Se echó hacia adelante y me tumbó en la cama, haciendo que quedase con la cabeza sobre las sábanas. Su miembro siguió dentro de mí mientras se posicionaba entre mis muslos, y empezó a follarme más duro de lo que yo había hecho con él: su miembro se abrió paso entre su semen—. Y quiero que vuelvas a decir mi nombre.

17

CREWE

Aquella mañana me desperté temprano y fui a correr; tenía un gran día por delante. Tenía que reunirme con uno de mis maestros de filtración del whisky y luego asistir a la celebración de la *Holyrood Week* en Edimburgo.

Era mucho que hacer en un solo día.

Me duché en un dormitorio diferente del castillo y me reuní con mi maestro de filtración. Realizaba casi todo su trabajo al otro lado de Escocia, así que aquella era la única disponibilidad que tenía durante la semana. Ariel estaba presente, supervisando como de costumbre.

Cuando se marchó, ella y yo hablamos en privado.

—¿Qué piensa de él? —pregunté.

—Es de calidad —contestó—. Su familia fue dueña de una

granja hace quince años, pero la perdieron por la caída del algodón. En su juventud trabajó de aprendiz en el almacén de escocés, así que se dedicó a eso para mantener a su familia. Tiene mucha experiencia, y entiende la determinación que hace falta para hacer que algo funcione. Confío en su trabajo.

Por eso tenía a Ariel a mi lado; investigaba y sabía leer muy bien a la gente. La única excepción a la regla era London. Nunca le había dado a mi amante la oportunidad que merecía. Si se olvidase de sus perjuicios, seguramente acabaría encariñándose de ella.

—De acuerdo. Le ofreceremos la posición para la fábrica de Edimburgo.

—Entendido. —Tomó nota en su tablet—. Frans acaba de llegar a la finca. Está preparando a London.

—Bien. —Seguro que London le estaba echando la bronca.

—He encontrado un traje precioso de Valentino. Los colores y el estilo le quedarán perfectos.

—Estoy seguro; tiene un gran gusto. —Nunca había visto a Ariel vestida con algo que no fuera negro, pero sabía que tenía buen gusto para esas cosas.

—Gracias. Si ya hemos terminado, el almuerzo está listo.

—Bien. Estoy famélico.

Una vez que fue hora de marcharse, subí al piso de arriba y me dirigí a los aposentos reales en el ala este. Abrí la puerta sin llamar, y encontré a Frans junto a London frente al espejo de cuerpo entero de la sala de estar.

—Estás hermosísima. —Frans ahuecó la parte de abajo del vestido de noche, que se ensanchaba a partir de las caderas. Se ajustaba a la cintura, dándole forma a sus curvas y subiendo hasta llegar a un escote en forma de corazón que acentuaba sus pechos perfectos. Era una tela distinta a todas las que había visto antes.

London todavía no me había visto, absorta en su reflejo. La masa de su cabello, estilizado en grandes bucles que me recordaron a una preciosa mujer de los años veinte, se reunía sobre uno de los hombros, sujeto con un pasador de diamantes. Tenía los pómulos resaltados con un colorete sutil, y los ojos estaban maquillados con el máximo detalle con un ahumado, lo que los hacía parecer más verdes de lo que eran realmente. Su complexión era perfecta, amplificando su ya inmaculada piel. Toda ella era perfecta, y clamaba a los cuatro vientos que pertenecía a la realeza como si hubiese nacido ya en ella. Me apoyé contra el marco de la puerta y me tomé un momento para admirarla, aprovechándolo todo lo que pude.

Habría podido quedándome mirándola todo el día.

—Vaya. —Se miró al espejo con sorpresa—. Frans, no sé cómo lo has hecho. No me veía tan guapa desde el baile del penúltimo curso de instituto, e incluso entonces no estaba tan magnífica. —Fue la única que se rió con la broma. Era una mujer obviamente hermosa, así que dudaba que Frans se lo hubiese creído.

—No puedo hacer que una mujer fea sea guapa —dijo Frans, con su grave acento escocés—. Pero sí puedo hacer que una mujer hermosa esté radiante. —La agarró con cuidado de los hombros y sonrió a su reflejo—. Su alteza real perderá el aliento cuando la mire.

—Ya lo he perdido.

London se giró al oír mi voz, claramente sin tener ni idea de que había estado allí mirándola. Me miró a los ojos, y de repente pareció avergonzada a pesar de que estaba guapísima.

Frans me saludó con una reverencia antes de estrecharme la mano.

—Duque de Rothesay, es un placer volver a verle.

—El placer es mío, Frans. Gracias por hacer que mi cita esté divina.

—No he hecho nada —dijo, riendo entre dientes—. Ha sido todo ella. —Le dio un abrazo a London antes de marcharse.

Ya a solas, eliminé el espacio que nos separaba y la admiré. Moví la mano hasta la cara interior de su codo y sentí la piel extremadamente suave de la zona. Subí la mirada por su cuerpo hasta que nuestros ojos se encontraron.

—Estás preciosa.

—Gracias. Creo que nunca me lo habías dicho.

—Lo digo todo el tiempo. —Se lo había dicho ayer mismo.

—Cuando estamos en la cama, sí. No fuera de ella.

Nunca me había dado cuenta de aquello. Le coloqué las manos en la esbelta cintura y la abracé, deseando quitarle aquel vestido y llegar hasta sus profundidades, pero eso tendría que esperar.

—¿Lista para irnos?

—Eso creo... duque. —Sonrió como si estuviese burlándose de mí—. Me dijiste que no tenías título.

—Te dije que no era príncipe. Príncipe es una palabra de mujeres.

Puso los ojos en blanco.

—No lo es, pero en fin.

—Sí, soy duque. Pero sólo es un título, no significa nada.

—Yo creo que significa mucho.

No significaba tanto como ella creía, y nunca sabría por qué.

—El coche nos espera. Vámonos. Y recuerda —Saqué el inservible control remoto del bolsillo—: intenta algo y ya sabes lo que pasará.

Un momento antes, London resplandecía con luz propia, pero ahora su cara se llenó de tristeza.

—¿Crees que lo olvido en algún momento?

EL DESFILE HABÍA ACABADO HACÍA HORAS, ASÍ QUE entramos en la gran rotonda que llevaba al increíble monumento histórico conocido como palacio Holyrood. La fiesta del jardín tomaría lugar en recinto de la hermosa construcción.

Cuando aparcamos en la parte delantera, London miró por la ventana y examinó los maravillosos arcos de la planta baja, que llevaban a las profundidades del palacio. Cuencos de flores colgaban cada dos arcos, y las enormes ventanas del segundo piso daban al vestíbulo y al jardín por el lado opuesto. Había estado en aquel sitio muchísimas veces, pero el lugar me seguía pareciendo fascinante.

—Guau... —Se olvidó de salir cuando el conductor se acercó a su lado del coche y abrió la puerta—. Qué bonito es.

—Lo sé. —Le di una palmadita en el muslo para que saliese.

London aceptó la mano de Dunbar a pesar de despreciarlo, y salió. Los otros miembros del congreso empezaron a charlar frente a la entrada, seguramente hablando del desfilo de aquella tarde.

Me acerqué a ella por atrás y le ofrecí el brazo.

Tardó un momento en darse cuenta de lo que quería que hiciese. Lo aceptó y se sostuvo de él con elegancia, tal y como Frans la había enseñado. Mantuvo los hombros echados hacia atrás, sacó el pecho y, con ello, consiguió mezclarse con todos los demás presentes.

Después me acercó los labios al oído.

—¿Parezco nerviosa?

—No. Pareces lo que eres, hermosa.

Soltó el aire que había cogido, relajándose un poco.

La guié hacia la entrada, pero me detuve a saludar a Lord Provost. Lo presenté a London y charlamos unos segundos antes de continuar. La siguiente fue Nicola Sturgeon, la primer ministra de Escocia. Las presenté y hablamos de algunos asuntos de negocios del escocés antes de seguir con la noche.

—¿El presidente de Escocia es una mujer? —preguntó London, sorprendida.

—Sí. ¿Por qué te parece raro?

—En Estados Unidos, tendremos suerte si llega a haber una mujer como presidente. Hasta ahora no ha pasado nunca.

Por norma, siempre me esforzaba en no insultar los países de los demás. Era algo que llevaba en la sangre real.

—Con suerte, ocurrirá algún día. Nicola lleva tres años siendo la primer ministra. Ha hecho un trabajo excelente.

—Ahora que nos encontrábamos entre los monarcas del Reino Unido, continué hablando con mi acento escocés.

London sonrió.

—Suenas mono cuando hablas así.

—¿Mono? —Que me llamasen mono era un insulto para un hombre como yo.

—Sexy. ¿Mejor así?

Me detuve y la miré, sorprendido por el cumplido. Nunca me decía nada agradable, excepto cuando se preocupaba por lo mucho que bebía o fumaba, e incluso entonces, decía que yo no le importaba en absoluto.

—¿Crees que soy sexy?

Puso los ojos en blanco.

—Dejemos los juegos, Crewe.

—No estaba jugando. —La fulminé con la mirada, observando su expresión.

—Ambos sabemos que me atraes. Creo que es bastante obvio.

—No significa que no me guste oírlo. —Seguí paseando con London aún del brazo. Ahora deseaba que pudiésemos tener un momento a solas, aunque sólo fuese para darnos un beso ardiente, aquello tendría que esperar.

LA PRESENTÉ A MUCHA GENTE, Y LE EXPLIQUÉ EL significado de muchos títulos que tendría que escribir si quería tener esperanza de recordarlos todos. La única razón por la que yo lo sabía era por mi infancia.

Cuando se la presenté a la reina, London escondió bien los nervios. Sonrió como si aquel fuera su lugar, la saludó correctamente e incluso intercambió algunas palabras sobre la belleza del palacio.

No hacía mucho que conocía a la reina, sobre todo debido a la diferencia de edad que había entre nosotros, pero sabía ver cuando adoraba a alguien, por poco frecuente que fuese. Y sintió un afecto genuino por aquella mujer a la que acababa de conocer.

La reina y yo hablamos un poco más antes de tomar asiento en el jardín exterior. Las luces sobre nuestras cabezas se extendían por las mesas, y el jardín estaba lleno de flores de verano. Los camareros trajeron exquisiteces, sin permitir en ningún momento que hubiese una sola copa vacía.

Lord Provost se sentó a mi izquierda, mientras que London lo hizo a mi derecha. Me dispuse a conversar sobre los acontecimientos generales de Escocia. Me preguntó sobre el castillo Stirling, y le respondí educadamente. Su esposa estaba sentada a su lado, hermosa pero aburrida con la ceremonia.

Se sirvió la cena y las conversaciones continuaron entre susurros.

London se comió todo lo que tenía en el plato, a pesar de que apenas solía tener apetito. No había preguntado en ningún momento lo que era cada cosa, aunque un extranjero no habría podido identificarlas. Hizo lo que pudo para ser tan respetuosa como fuera posible, a pesar de estar atrapada a mi lado.

La primer ministra subió al escenario y así comenzó la ceremonia de premios, felicitando a los ciudadanos de Escocia por su contribución al territorio, igual que a Reino Unido en general. Dijeron unos cuantos nombres, luego el de un hombre que estaba sirviendo en el ejército, y a una mujer por su trabajo social en un orfanato.

Y entonces dijeron mi nombre.

—El duque de Rothesay, por su excelencia a la hora de preservar la historia y la tradición. El whisky creado en este glorioso país continúa dando a Escocia su buen nombre. En adición a la creación y apoyo continuado a la Fundación Aberlour de Cuidado Infantil.

La audiencia estalló en aplausos y me levanté, viendo de refilón la expresión sorprendida de London. Me acerqué al escenario para ser besado por la reina y recibir mi premio. Los fotógrafos nos hicieron la foto antes de que volviese a mi asiento.

London todavía estaba pasmada.

—¿Lo sabías?

Asentí y bebí de mi copa de vino.

—¿Por qué no me lo habías dicho? —susurró.

—Porque quería verte la cara cuando me llamasen, y lo he hecho.

18

LONDON

Conforme la noche progresaba, nos desplazaron al interior del palacio para los postres y el vino. Los hombres se pusieron a fumar puros y la gente se dedicó a hablar en voz baja, continuando con sus relaciones sociales. A pesar de que sabía en qué fecha estábamos, parecía como si hubiese retrocedido a una época anterior. Me encontraba entre monarcas por cuya sangre había pasado gran parte de la historia.

Incluyendo a mi cita.

Crewe se comportó de manera sociable mientras hablaba con personas que conocía desde la infancia; príncipes de tierras lejanas y monarcas de otros países. Normalmente tenía la mano sobre mi cintura, manteniéndome cerca de él como si fuera a irme a la deriva.

Nos apartamos y fuimos hacia la mesa de los postres; los

dulces eran tan lujosos que casi parecían falsos del aspecto tan bueno que tenían. Quise probar uno de los brownies, pero me aterraba mancharme el vestido. Normalmente me daría igual, pero aquel vestido de noche costaba una fortuna, y no quería avergonzarme delante de aquellos nobles.

—¿Vas a coger algo? —preguntó Crewe en voz baja, a mi lado.

—Quiero hacerlo, pero... —Moví la mano y la dejé sobre el estómago—. No debería.

Puso los ojos en blanco.

—Eres preciosa, y lo sabes. Puedes comerte todo lo que hay sobre la mesa y seguirías siendo la mujer más hermosa de este lugar.

El cumplido me atravesó el cuerpo entero, haciéndome sentir una calidez que no tenía nada que ver con el vino.

—Tengo miedo a mancharme el vestido...

—Ah... —Sonrió a medias y ocultó su la sonrisa al beber más vino—. Bueno, sí. Más te vale no mancharlo.

Tuve la fuerza suficiente para darle la espalda a aquellos deliciosos bocados, pero supe en secreto que lamentaría no probar todo lo que había.

—Tengo que preguntarte algo.

—Genial —dijo, soltando un suspiro—. Sabía que empezarías en algún momento.

—Tú le vendes información a la gente, ¿verdad?

Sus ojos se oscurecieron por el tema que elegí.

—Sí. Es uno de mis numerosos negocios.

—Entonces, ¿te relacionas con todos estos monarcas como si fueseis amigos y luego les das la espalda y vendes sus secretos por dinero? Corrígeme si me equivoco, pero pareces ser suficientemente rico como para no tener que recurrir a la traición. —No pude evitar el tono acusador. A veces tenía detalles y atenciones que me sorprendían, y luego me acordaba de que también hacía cosas imperdonables.

—Tienes razón, casi en todo.

—¿Por qué harías tal cosa?

Ni siquiera pretendió sentirse culpable.

—Tengo mis razones.

—¿Hay otra razón que no sea la del dinero?

Miró alrededor discretamente para confirmar que nadie nos estuviese espiando.

—No vendo información de mis aliados. Eso sería traición.

Fruncí el ceño, confusa.

—No lo entiendo...

Le dio la espalda al resto de la sala, dándonos más privacidad. Bajó la voz mientras hablaba.

—Muchos de estos funcionarios tienen información sobre otras partes del mundo, de países en nuestra contra. Lo que hago es extraer esa información y la vendo al mejor postor.

Aunque seguía confusa, aquello no sonaba tan malo como había pensado inicialmente.

—¿Y para qué sirve todo eso?

Se llevó la copa de vino a los labios y le dio un sorbo.

—Para acabar con sus líderes sin declarar una guerra.

El dinero no podía ser la única razón. Parecía demasiado trabajo para un hombre rico que ya pertenecía a la realeza.

—Hay algo que no me estás contando.

Sus ojos se suavizaron al mirarme.

—Como miembro de la realeza escocesa, no puedo hacer nada directamente en contra de los hombres que desprecio. Si lo hiciese, podría considerarse un acto de guerra del Reino Unido. La reina es una persona muy pacífica, y ya ha vivido una gran guerra. Dudo que quiera vivir otra. —Tomó otro sorbo; tenía los ojos oscurecidos por la agresión que reprimía.

—Entonces básicamente vendes información a hombres que tienen un enemigo en común.

Asintió.

—Exactamente.

—Y al mismo tiempo sacas dinero.

Asintió de nuevo.

—Eres tan inteligente como hermosa.

El cumplido esta vez no me afectó; estaba demasiado interesada en la conversación como para que me interesase otra cosa.

—¿Quién es tu enemigo, y por qué? —Era una pregunta personal, pero ya que me había estado acostando con él desde hacía dos meses, tenía derecho a preguntar.

Metió una mano en el bolsillo y miró a su alrededor para asegurarse de que no había nadie mirando.

—Rusia. La gente no, sólo los líderes. El secretario general, Boris Peskov, fue el responsable de la muerte de mis padres y, tiempo después, de la de mi hermano mayor, Alec.

Me había estado preguntando durante la cena qué le habría pasado su familia. De estar vivos, habrían estado allí, así que ya había asumido que estaban muertos; lo que no sabía era que sus muertes estaban causadas por un crimen internacional.

—Lo... lo siento. —Sentí verdadera lástima en mi corazón, y me entristecí de inmediato por aquel hombre que me había mantenido prisionera en contra de mi voluntad. Cuando él sufría, yo también sufría. No se merecía ni una pizca de mi simpatía, pero la tenía de todos modos. Me apoyé contra su pecho y le rodeé el cuello con los brazos, abrazándolo; era lo único que sabía hacer.

Crewe se tensó, pero luego me abrazó la cintura. Apoyó la

barbilla sobre mi cabeza y cogió aire profundamente. Su poderoso pecho se expandió contra mi mejilla.

—Ocurrió hace mucho tiempo.

Cuando me aparté, me puse de puntillas y le di un beso rápido. Nuestras suaves bocas se juntaron, sabiendo tanto a vino como a whisky. Di un paso atrás, sabiendo que no debía mostrar tanto afecto hacia él en un lugar público como aquél.

Me miró sin expresión, como si apenas pudiese creer lo que acababa de hacer.

—¿Qué pasó? —pregunté al final.

Me miró fijamente unos minutos más, con los ojos marrones suaves como el chocolate derretido. Dejó su copa en una bandeja vacía que cargaba un camarero que pasó junto a ambos, y luego metió la otra mano también en el bolsillo.

—Mi padre era duque además de diplomático, así que viajaron a Rusia para hablar de un programa infantil internacional. De camino entre el aeropuerto y el palacio, un tirador disparó contra su coche y dio a mis padres. Alec sobrevivió y la policía rusa lo rescató, pero cayó misteriosamente enfermó durante el traslado y murió antes de regresar a casa. En aquel entonces yo era muy pequeño, así que me quedé en Glasgow con Finley. Tenía seis años.

No supe qué decir. La historia era espantosa y devastadora. Un día, su familia se marchó y nunca regresó a casa.

—¿Se llegó a saber quién disparó?

Crewe negó con la cabeza.

—No. Creo que el secretario general de Rusia estuvo detrás de todo.

—Es una acusación importante...

—Tengo mis razones —dijo en voz baja—. Descubrí que había estado enamorado de mi madre. La persiguió, pero ella rechazó sus avances. Luego se casó con mi padre, alguien con más dinero y poder. Sospecho que nunca superó el rechazo, así que los mató a todos, incluyendo a su hijo mayor. —Lo dijo todo sin emoción, como si no estuviésemos hablando de su familia.

—¿La reina nunca ha tomado medidas contra ellos?

—Rusia es un país aterrador. No podíamos hacer nada sin pruebas. El público estuvo enfadado durante el primer año, pero al final continuaron con sus vidas. Obviamente, yo nunca lo he hecho, y por eso animo a los enemigos de Rusia a hacer el trabajo sucio por mí.

No había esperado una historia tan extravagante; te abrumaba y te rompía el corazón a la vez.

—Lo siento mucho. Sé que ya lo he dicho antes, pero lo digo en serio...

—Lo sé. —Me puso una mano en el pecho y me acarició la piel. Observó mis labios un momento, como si fuese a besarme, pero se lo pensó mejor. Bajó la mano—. Obtendrá su merecido.

—¿Finley te crio? —Por fin tenía sentido por qué eran tan cercanos.

—Casi por completo. Ha sido parte de la familia durante mucho tiempo.

—¿No tienes más familia?

Crewe negó con la cabeza.

—Soy el último de mi estirpe.

—Eso significa que necesitas tener hijos.

Asintió.

—Así es.

Lo que quería decir que en algún momento me dejaría marchar. Estaba claro que no podía ser su esposa y darle hijos; tendría que casarse con una duquesa o una princesa, o algo así, no con una mujer americana.

Nos miramos en silencio, y la tristeza inundó en espacio que nos separaba. Había perdido a mi familia demasiado pronto en la vida, pero él la había perdido incluso antes. Mis padres no habían sido asesinados, pero aun así teníamos mucho en común.

—Voy al baño. ¿Sabes por dónde está? —Necesitaba un momento para recomponerme, para pensar realmente en lo que acababa de contarme.

Desplazó la mano a mi cintura y asintió hacia el pasillo.

—Abajo a la izquierda.

—Gracias.

Me besó la sien antes de soltarme, y mi cuerpo se caldeó por aquel tacto inesperado. El cuanto me soltó, sentí la punzada del frío. Me miró una última vez antes de marcharse, con hombros anchos y poderosos. Dominaba el lugar con su simple silencio, con la gracia de un rey.

Me quedé con los ojos fijos en él hasta que al fin me di la vuelta y seguí sus indicaciones. Entré al pasillo y giré a la izquierda. Había un hombre en un uniforme de camarero, pero no portaba bandeja. Sus ojos se posaron en mí como si me reconociera, pero no tuve ni idea de quién era; debía de sonarle mi cara.

Se interpuso en mi camino, con una mano a la espalda.

—¿London Ingram?

¿Cómo sabía mi nombre?

—Sí.

—Acompáñeme, por favor.

—¿A dónde? —exigí saber—. ¿Por qué?

—Usted sígame. —Caminó por el pasillo y giró a la derecha, alejándome del baño.

Mi cuerpo me dijo que aquella no era una buena idea, que podía estar yendo de cabeza a una trampa, pero mi instinto me decía que lo siguiese, que me llevaría a un sitio en el que debía estar. Estábamos bajo la protección de la reina, y Crewe estaba a una habitación de distancia. Si alguien podía ayudarme, sería él.

Así que lo seguí.

Subí las escaleras y llegué al segundo rellano, que se encontraba sumido en el más absoluto silencio. Los sonidos de la fiesta se oían desde abajo, y el vestido se arrastraba por el suelo de madera, más largo que los tacones.

El hombre continuó adelante.

—Por aquí. —Llegó a la quinta puerta a la izquierda, comprobó el pasillo para asegurarse de que nadie miraba, y la abrió—. Entre. No tenemos mucho tiempo.

—¿Quién es usted?

—Entre. —Sostuvo la puerta abierta.

La piel de los brazos se me puso de gallina, y se me empezó a formar sudor en la sien. El corazón me latía tan fuerte que dolía. Intenté calmar mi respiración y permanecer tranquila mientras entraba, nada segura de lo que me estaría esperando dentro.

Había un hombre vestido de negro de espaldas a mí, con las manos en los bolsillos y mirando por la ventana.

Lo miré fijamente, reconociendo el suave pelo castaño que tanto se parecía al mío. Su postura me resultaba familiar, al igual que el modo que tenía de cambiar el peso de un pie a otro. La constitución de sus brazos me recordó a alguien que había conocido desde siempre.

El camarero cerró la puerta, dejándonos solos.

Joseph se dio la vuelta y me miró, observándome como si no me hubiese visto en veinte años. No era un hombre emotivo, y siempre solía criticarme en lugar de echarme siquiera un piropo, pero en cuanto me miró, todo él se llenó de tristeza.

—London... —Se acercó y me abrazó con tanta fuerza que no pareció querer soltarme jamás—. Perdóname...

Me aferré a mi hermano, reconociendo su colonia instantáneamente. La última vez que lo había visto de pie fue cuando fue a la ciudad por Navidad. La celebramos los dos solos en mi diminuto apartamento mientras la nieve caía fuera. Mi radiador estaba roto, así que pasamos todo el día con frío hasta que consiguió arreglarlo. En aquel momento fue una situación terrible, pero ahora se había convertido en un recuerdo lleno de cariño.

Se apartó. Seguía teniendo en la mirada a misma tristeza de antes.

—No tengo mucho tiempo.

—¿Cómo has entrado aquí?

—Tampoco tenemos tiempo para eso —dijo en voz baja—. Tengo que ir al grano, London. Crewe es un hombre paranoico.

—¿Tienes un plan?

Asintió.

—Pero no te va a gustar.

—¿Quieres que destruya el detonador? Sé que lo lleva encima la mayor parte del tiempo. No sé dónde lo guarda cuando duerme... —Pero si investigaba lo suficiente, podría averiguarlo. No podía esconderlo de mí para siempre.

—No funcionará —dijo—. Aunque lo robes, tendrá un modo de hacer estallar la carga sin él.

—¿Tú crees?

—Estoy seguro. Crewe siempre piensa en todo. No es un hombre al que se pueda joder.

«Pero, aun así, tú lo hiciste».

—¿Me estás diciendo que no podemos hacer nada? ¿Qué ni siquiera vamos a intentarlo?

—Sólo hay un modo de salir de ésta, y no es un plan que nos vaya a gustar a ninguno.

Iba a pedirme que matase a Crewe. No había otro modo. Pero la idea de acabar con su vida, de atravesarle el corazón con un cuchillo, no me causaba más que dolor. Tenía todo el derecho a hacer lo necesario para salvarnos tanto a mi hermano como a mí, pero no podía llegar a eso. A pesar de lo que nos había hecho a ambos, no quería hacerle daño.

—Tienes que conseguir que se enamore de ti.

Lo miré sin expresión, sin estar segura de haberlo oído bien.

—¿Estás loco? Eso no va a pasar. Creía que ibas a pedirme que lo matase.

—Eso no funcionaría —dijo—. Es demasiado inteligente.

—Y está demasiado vacío por dentro como para sentir algo así por alguien, sobre todo si ese alguien soy yo. —Crewe tenía una fila de mujeres hermosas a su disposición. Podía estar con princesas y diplomáticas extranjeras, podía ir a Milán y encontrar a una modelo. Era imposible que yo pudiese ser suficiente para él.

—No me lo creo. Te ha traído a uno de los eventos sociales más importantes del año. Podría haber traído a cualquiera, pero te ha traído a ti.

—Eso no quiere decir nada. —Tenía que admitir que era extraño que trajese a una chica americana aburrida a la celebración, pero tampoco podía sacar muchas conclusiones.

—Ambos sabemos que eres inteligente, rápida y preciosa. —Era la primera vez que Joseph me lanzaba un cumplido—. Ese tío sería un idiota si no acabase sintiendo algo por ti. Eres encantadora y una listilla, pero en el buen sentido.

Ya que estábamos con prisas, ni siquiera tuve tiempo para sonreír.

—Sinceramente, no creo que vaya a funcionar. Tenemos que pensar en otra cosa.

—Sólo sé lo que él quiera que seas. Conviértete en la fantasía que más le guste. Di lo que quiera oír.

Era más fácil decirlo que hacerlo.

—La única forma de que te entregue el control remoto es si empiezas a importarle. Si no, seguirá amenazándonos con él durante el resto de nuestras vidas. Es la única solución que tenemos.

Estaba dispuesta a hacer lo que fuera para liberar a mi hermano, incluso algo tan siniestro como aquello. No creía que fuera a tener éxito, pero tenía que intentarlo. No existía otra alternativa.

—Haré lo que pueda...

—Gracias. —Se le nublaron los ojos cuando se hizo el silencio entre nosotros—. ¿Te trata bien? —Se encogió, como si no quisiese oír la respuesta.

De todos modos le habría mentido.

—Sí, lo hace.

—¿De verdad? —susurró.

Asentí.

—Podría ser mucho peor. No me hace daño.

Joseph de repente apartó la mirada, como si estuviese avergonzado por sus pensamientos. Seguramente estaba pensando en las cosas que Crewe me hacía durante la noche, cuando estábamos juntos en la cama. No podía mirarme de lo avergonzado que estaba por no poder salvarme.

—No es tan malo como parece. —No se lo decía sólo para que se sintiese mejor; era la verdad—. No permite que sus otros hombres me toquen. Me proporciona todo lo que necesito. Y me protege de todo. Cenamos juntos y hablamos. Preferiría estar con él que ir con Bones... —Aquel hombre era aterrador. No estaría viva en aquel momento si me hubiera acabado vendiendo—. Creo que existe la posibilidad de que haya un buen hombre bajo toda esa oscuridad...

Joseph levantó la cabeza y me miró a los ojos.

—Parece como si te gustara.

—No —dije rápidamente—. Sólo creo que hay esperanza. —Ahora que sabía que había perdido tanto a una edad tan temprana, entendía mejor su necesidad de poder y control. De pequeño, cuando era vulnerable, no había podido hacer nada para proteger a su familia. Había tenido que esperar años hasta ser lo bastante mayor como para hacer algo, y para cuando fue adulto, ya llevaban doce años muertos. Ahora tenía que ganar importancia, tenía que ser tan amenazante y aterrador como le fuese posible.

Lo entendía mucho mejor.

—Volveré a ponerme en contacto contigo —dijo—. No sé cómo ni cuándo, pero lo haré.

—Vale.

Suspiró, sabiendo que tenía que despedirse.

—Siento haberte metido en esto.

—No pasa nada. —No debería estar trabajando en aquel tipo de negocios, y sin duda no debería haber robado cuatro millones de dólares a nadie, pero el tiempo de los reproches había pasado. Ya había aprendido la lección.

—Haría lo que fuera para cambiarme por ti.

—Lo sé, Joey.

Me abrazó otra vez.

—Deberías irte, o empezará a sospechar.

—Lo sé. —No quería soltar a mi hermano todavía. Abrazarlo era como volver a casa.

Por primera vez en mi vida, me besó en la cabeza.

—Saldremos de ésta. Lo prometo.

—Lo sé.

Se apartó a regañadientes de mí.

Se me saltaron las lágrimas, pero las contuve. Si Crewe las veía, me haría mil preguntas. No quería que averiguara lo que había pasado, y sobre todo, no quería que pulsara el botón del detonador.

—Nos vemos luego.

Joseph asintió.

Salí sin mirar atrás, sabiendo que empezaría a llorar si veía la devastación en el rostro de mi hermano. La culpa que cargaba encima por mi cautiverio lo estaba matando; se lo había visto en el cuerpo además de en la cara. Bajé las escaleras y volví a la salita, donde todos seguían socializando.

Encontré a Crewe apoyado en la pared junto a la ventana. Hablaba con una hermosa mujer de cabello castaño vestida con un vestido rosa champán que hacía lucir su piel oscura. Era naturalmente radiante; parecía una princesa sin tiara. Estaba muy cerca de Crewe, como si lo conociese bien, y le puso la mano en la muñeca.

Mientras me acercaba, noté como me latía la sangre en los oídos. La mujer tenía los ojos azules fijos en Crewe, como si fuese la única persona presente en la habitación. Le miró los labios mientras hablaba, prestando atención a cada palabra como si temiese perderse algo.

Empecé a enfadarme de verdad, preguntándome qué estaba pasando justo delante de mis narices. ¿Era una de las mujeres con las que se acostaba a menudo? ¿Una antigua amante? ¿Una amante actual? ¿Es que había empezado a ligar con otra en cuanto me había ido al baño? Si aquél era el caso, jamás lo conseguiría.

Por fin llegué hasta Crewe, colocándome tan cerca de él que resultó fue imposible no darse cuenta de que era su acompañante, y no ella. Sonreí falsamente, sólo para asegurarme de que no ofendía a un monarca que pudiera echarme de allí.

Crewe se giró hacia mí en cuanto se dio cuenta de mi presencia. No cambió de postura ni pareció alarmado, nada insinuó que lo hubiesen pillado en un momento incómodo.

—Hola, monada —me saludó, con una ligera sonrisa que no surtió ningún efecto.

El apodo no fue afecto suficiente para mí; le cogí la mano y entrelacé los dedos con los suyos. Era la primera vez que nos habíamos cogido así de la mano. Era un gesto de afecto juvenil, algo que hacían los amantes jóvenes, pero no me iba a quedar allí y a dejar que aquella mujer creyese que Crewe estaba disponible.

Éste miró nuestras manos unidas, pero no hizo ningún comentario.

—Permite que te presente a Josephine, la duquesa de Cambridge.

Hice una leve reverencia, todavía con la sonrisa forzada en el rostro.

—Y ésta es London. —No se refirió a mí de modo posesivo, pero claro, no existía ninguna palabra para definir lo que era para él. ¿Prisionera, quizás? Dudaba que aquello le gustase a la duquesa.

La duquesa tenía en la cara una sonrisa mucho más falsa que la mía.

—Es un placer conocerte. Disculpadme, por favor. —Se marchó, con el vestido de noche rosa arrastrando por el suelo. Tenía los hombros tan echados hacia atrás que su pecho parecía incluso mayor de lo que era. De las orejas le colgaban unos pendientes de diamantes que resplandecían con la luz de las arañas de cristal. Parecía más grácil que la mismísima reina.

Una vez que estuvo lejos, Crewe apartó la mano de la mía y me la puso en la cintura. Volvía a tener aquella arrogante sonrisa suya en los labios, y supe lo que iba a decir antes de que lo dijese.

—Sabes, por un momento me ha parecido que estabas celosa.

Lo fulminé con la mirada; sus palabras no me parecieron nada cómicas.

—Lo estaba.

Había estado a punto de echarse a reír, pero se detuvo al oír lo que había dicho. Casi me miró dos veces de los sorprendido que estaba por mi confesión.

—He visto cómo te miraba.

A Crewe se le oscurecieron los ojos y frunció levemente el ceño.

—¿Qué es para ti? ¿Estuvisteis juntos?

No contestó a mi pregunta.

—No es asunto tuyo.

Aquella fue respuesta suficiente.

—¿Acabó?

—Estoy aquí contigo, ¿no es cierto?

Eso no contestaba a mi pregunta.

—Quiero ser la única mujer en tu cama.

Volvió a entrecerrar los ojos.

—Para ser mi prisionera, parece que te gusto mucho.

Crewe era un playboy, un dictador y un gilipollas. Haría falta mucho trabajo duro para conseguir que se enamorase de mí; incluso conseguir que se preocupase un poco por mí ya sería lo bastante difícil, pero Joseph tenía razón. Tocar su fibra sensible y controlarlo como si fuese una marioneta sería la única forma de salir de aquel embrollo.

—¿De verdad es demasiado pedir que seas fiel? —No podría manipularlo si ya estaba teniendo acción en cualquier otra parte.

—Pedir cualquier cosa ya es demasiado. El que está al mando aquí soy yo; no lo olvides.

Lo cogí de la corbata y acerqué su boca hacia la mía, dándole un beso que era una pizca demasiado brusco para un lugar tan público.

Pero no rompió el beso.

Fui la primera en apartarse, en sentir la hinchazón de mis labios.

Me miró con intensidad, con los ojos marrones fijos en la expresión de mi rostro. Me miró como si quisiese cogerme en brazos, estamparme contra el muro y follarme allí en aquel mismo momento.

—Continuaremos con esto cuando lleguemos a casa.

—No. —Le solté la corbata y se la alisé sobre el pecho—. Continuaremos cuando subamos al coche.

19

CREWE

Creí que disfrutaría de la expresión herida de la cara de Josephine.

Pero no lo hice.

De hecho, no me importó.

Lentamente, la sangre le despareció de la cara, y sus mejillas se tornaron pálidas. Sus ojos perdieron su brillo innato, algo que ya había empezado a notar al conocerla tan bien. En cuanto vio a London y a nuestros dedos entrelazados, supo que había seguido adelante sin ella.

Y le rompió el corazón.

Menuda pena.

Tras despedirnos, regresamos a la rotonda de la entrada y esperamos a que llegase mi conductor. Sólo quería volver al castillo para arrancarle ese carísimo vestido de noche a London y tirármela hasta el amanecer. Me había gustado la posesividad que había mostrado, aunque no podía explicar por qué. London sin duda era mía, pero yo nunca sería de ella. Quería que fuera monógamo con ella, y lo era, pero me negaba a decírselo. Si lo hacía, sabría que tenía poder sobre mí.

No podía permitirlo.

Preferiría que creyera que iba por ahí follándome a todo lo que se movía cada vez que no me encontraba en su presencia, antes que permitir que supiera que ella era suficiente para satisfacerme. Los reyes más grandes habían sido destruidos por las más grandes de las mujeres. Eran los hombres los que gobernaban el mundo, pero, en realidad, el mundo estaba gobernado por las mujeres que gobernaban a los hombres.

No podía dejar que eso me ocurriese a mí.

No importaba el cariño que sintiese hacia London. No importaba que sintiera un respeto sincero hacia ella. No importaba que no hubiese dicho la verdad cuando la amenacé con matar a su hermano; había límites que me negaba a cruzar.

El coche llegó y Dunbar abrió la puerta de atrás; permití que London entrase primero antes de seguirla. Las ventanillas posteriores estaban tintadas de un color mucho más oscuro, y el visor entre Dunbar y yo se cerró en cuanto presioné el botón. Ya sabía cuál era nuestro destino, así que no tuve que decirle nada.

Llegamos a la carretera principal y London se me subió encima y se sentó sobre mis caderas. Su enorme vestido se extendió por el asiento y por el suelo, arrugándose con cada movimiento. Me enterró los dedos en el pelo y me besó con fuerza, devorándome como si hubiese estado esperando toda la noche para hacerlo.

No me gustaba estar abajo. No me gustaban las sorpresas. No me gustaba dejar que otro tomara el control.

Pero con London me parecía de lo más excitante.

Subí las manos por su vestido y le los suaves muslos, con el miembro ya endurecido dentro de mis pantalones y presionándose contra su ropa interior. Le agarré el culo con mis fuertes manos y me restregué lentamente contra ella, frotándole el sensible clítoris tal y como le gustaba.

London jadeó en mi boca y me clavó los dedos en los hombros.

Todos los pensamientos sobre Josephine se esfumaron. London era la única mujer en la que estaba pensando.

Continuó besándome, desabotonándome los pantalones y tirando de los bóxers para que mi erección pudiese salir. Apartó el tanga a un lado y descendió lentamente sobre mí. Sus labios dejaron de moverse sobre los míos mientras aceptaba dentro de sí los centímetros que la abrieron de par en par. Se le escapó un gemido bajo, disfrutando de mi barra de acero.

Cuando tuvo dentro hasta el último centímetro, se sentó en mi regazo y me abrazó el cuello. El coche condujo por la carretera, cambiando de carril de vez en cuando. Se oía el ruido del tráfico y, a veces, algún bocinazo.

Subí una mano hacia los botones que sobresalían del techo y activé la radio, dejando que la música clásica llenase la parte posterior del coche. No quería que Dunbar oyese lo sexy que sonaba London cuando se corría, ni sus hermosos gemidos levantando ecos en el coche. Se masturbaría pensando en ellos más tarde, y no podía permitirlo.

Sólo yo me masturbaba pensando en ella.

London respiró acelerada mientras me cabalgaba, tomando mi miembro entero una y otra vez. Movió las caderas como yo la había enseñado, frotando el clítoris contra mi hueso pélvico. Echó la cabeza hacia atrás y se bajó la parte de delante del vestido para poder sacar los pechos, empezando a jugar con ellos sin dejar de mover las caderas.

Joder.

Aplasté la cara en el valle que había entre sus pechos e inhaló su maravilloso aroma. Pasé la lengua por su piel y probé su dulzura. Mi miembro no dejó de penetrarla, sintiendo esa humedad que me había saludado desde la primera vez que la había poseído. Aquella mujer me deseaba todo el tiempo; era la mejor prisionera que había tenido nunca.

Y la única.

—Tu coño es divino. —Apoyé los pies en el suelo y empujé hacia arriba, introduciendo mis veintidós centímetros por completo en su interior. No había otro sitio donde mi miembro quisiese estar que dentro de aquella belleza listilla.

—Me encanta tu polla. —No dejó de jugar con sus pechos mientras jadeaba. Tenía los ojos fijos en los míos, hasta que echó la cabeza hacia atrás. Su precioso pelo le azotaba los hombros cuando se movía.

Se me escapó un jadeo del fondo de la garganta. Su entusiasmo era sexy de cuidado, y me convirtió en un animal salvaje. Todo lo que sabía era que tenía que follarla larga e intensamente. Necesitaba estar dentro de ella para sobrevivir. La comida, el agua y la protección no eran importantes; sólo la necesitaba a ella.

London apartó las manos de sus tetas y volvió a rodearme la cintura sin dejar de mover las caderas.

—Me voy a correr... —Me besó el cuello y me mordisqueó el lóbulo de la oreja. Sus sexis jadeos sonaban alto y claro.

—Córrete conmigo dentro, monada. —Le agarré el trasero y la senté más fuerte sobre mi pene, deseando darle un clímax que la hiciera encoger los dedos de los pies.

—Dios, sí... —Dejó de respirar, y su pecho se expandió con el aire que contenía. Empezó a clavarme las uñas en la ropa y en la piel. Acercó el rostro al mío y me regaló la mirada más sexy que había visto nunca. Luego explotó, goteando sobre mi erección—. Crewe... sí... Crewe.

Me encantaba que dijera mi nombre; me hacía sentir como un rey. Quería correrme, pero también quería continuar, a sabiendas de que el viaje duraría al menos una hora. ¿Qué mejor forma de pasar el tiempo que acostarme con una mujer exquisita?

En cuanto London se recuperó de su orgasmo, la tumbé boca arriba en el asiento de cuero, con la cabeza junto a la puerta. Me rodeó automáticamente la cintura con las piernas y volvió a hundir los dedos en mi pelo.

La embestí con fuerza, atrapándola contra el asiento y la puerta. Mis caderas trabajaron a plena potencia, buscando follarla hasta que le doliese. Mi erección atravesó su abrumadora humedad, y supe que a le gustaba mi miembro tanto como a mí me gustaba dárselo.

Iba a hacer que volviera a correrse antes de que acabásemos.

—Crewe... qué bien. —Me besó en la comisura de los labios; tenía la piel cubierta por una película de sudor—. Me encanta que me folles así de duro.

—Todavía no has visto nada, monada. —Se me cayeron los pantalones por debajo del trasero, pero seguí a ello; necesitaba ser lo bastante duro con ella para que se corriese otra vez.

Ya no me importaba un pimiento cuerno que Dunbar nos oyese.

London me agarró del culo y me introdujo más profundamente en ella, enlenteciendo las embestidas para que fueran largas e intensas. Mi cuerpo volvió a frotarse contra su clítoris, estimulando la húmeda protuberancia.

—Sí... justo ahí.

La miré a los ojos, preparado para lo que estaba por venir.

—Te lo voy a dar...

—Bien. Me encanta que me llenes... —Habló con los ojos entrecerrados y una expresión muy sexual; me pareció lo más sexy que había visto nunca.

Se había vuelto muy lasciva. El sexo siempre había sido bueno, pero aquello era fenomenal. Era sucia y traviesa. Quería tener mi semilla muy dentro de ella para que le hiciese sentir llena, y yo quería dársela tanto como ella recibirla.

Bajó las uñas por mi espalda.

—Vale... estoy a punto de correrme. La quiero, Crewe.

Junté nuestras frentes y cerré los ojos, sintiendo la poderosa explosión recorrerme entero. Me embargó en oleadas, haciéndome sentir vivo y muerto a la vez. Mi miembro palpitó conforme se endurecía todavía más, y luego sentí como el subidón me atravesaba.

Me corrí con un gemido, llenando su vagina con tanto semen como pude producir.

En cuanto lo sintió, London gimió más alto, corriéndose conmigo. Su sexo se lo bebió todo, y acabó junto a mí, conmigo dentro.

—Crewe.

—Monada.

Atravesamos juntos nuestro orgasmo, sintiendo la pura maravilla que era. Nuestros cuerpos estaban húmedos por el sudor, y teníamos el pelo hecho un desastre, pero a no nos importó a ninguno de los dos. Ambos estábamos satisfechos. Por ahora. Le besé el labio superior y la mantuve apresada debajo de mí, queriendo que mi miembro siguiese dentro de ella el mayor tiempo posible.

London entrelazó los tobillos detrás de mí y me mantuvo en aquella posición.

—Quedémonos así hasta que lleguemos a casa…

Me había leído la mente. Cambié de postura hasta que estuvimos tumbados de lado, con mi miembro volviendo a su estado de flacidez aún dentro de ella. La miré, observando cómo cerraba los ojos por el cansancio. Tenía los ojos verdes escondidos tras los párpados, pero observé la suave expresión de su rostro, el modo en que sus cejas se relajaron en cuanto empezó a quedarse dormida. No se le había corrido el maquillaje a pesar del sudor y los rizos seguían en su sitio a pesar de lo fuerte que había tirado de ellos. Estaba igual de perfecta que cuando nos habíamos ido. Hermosa.

Demasiado hermosa.

CUANDO ME DESPERTÉ LA MAÑANA SIGUIENTE, LONDON seguía a mi lado. Solía despertarme mucho antes que ella y me iba a entrenar o a trabajar, pero nos habíamos quedado despiertos hasta tarde y me había permitido el lujo de dormir más.

London estaba boca abajo, con la cabeza girada hacia el otro lado.

Me puse encima de ella y deposité besos por toda su columna, bajando hasta el comienzo de las nalgas.

Suspiró dormida, sumida en el mundo de los sueños.

Esperaba aparecer en ellos.

Salí de la cama y bajé a la planta baja para tomar café y desayunar. Era un día agradable, así que pensaba pasar la mañana en el jardín.

—Señor Donoghue. —Dunbar apareció detrás de mí, saliendo de las sombras del colosal castillo.

No me detuve, reconociendo su voz.

—¿Sí?

—La duquesa de Cambridge ha venido a verle.

Paré en seco y me di la vuelta, incapaz de creer lo que oía.

—¿Josephine está aquí?

—Le pedí que le esperase en el jardín interior. ¿O debería decirle que se encuentra ocupado?

Ni siquiera yo me negaría a ver a la duquesa de Cambridge; hubiese sido un gesto extremadamente maleducado.

—¿Ha dicho lo que quería? —Tras nuestra conversación de anoche, no parecía que tuviésemos mucho que discutir, sobre todo a solas.

—No, señor.

Crucé los brazos sobre el pecho y me acaricié la espesa barba que me cubría la mandíbula.

Dunbar esperó pacientemente a que tomara una decisión.

—Dile que me reuniré con ella en quince minutos. —Aquello me daría tiempo suficiente para prepararme.

—Sí, señor. —Dunbar se dio la vuelta.

—Y dile a Marcus que prepare el desayuno, café y té para la duquesa.

Siguió caminando.

—Por supuesto.

Suspiré mientras pensaba, sospechando que sabía exactamente sobre lo que quería hablar. Subí rápidamente al dormitorio y me preparé, me cepillé los dientes y me di una ducha rápida. Justo cuando estaba a punto de marcharme, London se despertó.

—Buenos días. —Se sentó en la cama. Todavía tenía el pelo ondulado de la noche anterior.

Tenía prisa, así que no aminoré el paso.

—Tengo una reunión. Nos vemos en una hora más o menos.

—Es domingo. ¿Quién trabaja los domingos?

La miré con frialdad.

—Yo. Trabajo todos los días. —Me fui, molesto porque me hubiese cuestionado. Sabía que no era un miembro del servicio y que su posición era diferente, pero seguía sin gustarme. Fui al piso de abajo, al jardín interior del lado oeste del castillo, vestido con pantalones de vestir y una camisa azul. Me negaba a ponerme un traje cuando había aparecido en mi casa sin avisar.

Entré, notando el modo en que el sol se filtraba al interior. El mobiliario real había soportado cientos de años, a pesar de que la mayoría había sido restaurado o preservado. Josephine estaba sentada en el sillón, con su taza de té en la mesita de café, humeante e intacta. Llevaba puesto un vestido azul claro, casi del mismo color que sus ojos.

—Alteza real...

—Por favor, llámame sólo Josephine cuando estemos los dos solos. —Me miró con los ojos llenos de desesperanza.

Me senté en el otro sillón, negándome a otorgarle un saludo que implicase contacto físico. La tensión se podía cortar con un cuchillo; nuestra antigua relación estaba sacando antiguos recuerdos a la superficie. Me miró con anhelo, con las palabras prácticamente escritas en su rostro.

Quería que la conversación continuase siendo profesional. Fueran cuales fueran sus intenciones, no quería verme involucrado en un escándalo.

—Esta tarde me encuentro muy ocupado, dime a qué has venido, por favor. —No me contuve a la hora de ser maleducado, pero sí evité insultarla.

Josephine suspiró antes de empezar a hablar.

—Henry y yo nos casamos en un mes, y yo...

—Tener dudas es normal. No te preocupes.

—No es eso... —Se acercó más al borde del sillón. Si pudiera, me tocaría.

—Entonces no sé qué decirte, Josephine. —No éramos amigos, así que más le valía no esperar consejos por mi parte. Su vida privada no era asunto mío—. Henry parece un hombre agradable. Sabes que es rico y que es un candidato al trono. Suena exactamente a lo que querrías. —Evité mostrar amargura en la voz, pero lo conseguí a duras penas.

—Creo que cometí un error —susurró, tan bajo que apenas la oí—. Crewe, no lo amo. Creí que podría, pero no lo hago. Cuando estábamos juntos...

—Lo nuestro ha terminado, Josephine. —No había posibilidad alguna de que tuviésemos un futuro juntos. Me había humillado delante de todos mis conocidos. Me había dado la espalda cuando yo nunca le había hecho nada parecido.

Hizo una mueca ante la brusquedad con la que la había interrumpido.

—Sigo queriéndote...

Miré por la ventana, negándome a mirarla a los ojos. Eran palabras vacías. No significaban absolutamente nada para mí.

—¿Y tú a mí, Crewe?

Me froté la barba con los dedos

—No. —No lo lamenté. No sentí dolor. No sentí nada—. He continuado con mi vida, Josephine. Y aunque sintiera lo mismo que tú, jamás volvería contigo.

—¿Por qué?

Reí; era una pregunta estúpida.

—Me humillaste; por eso. ¿Es que me tomas por un imbécil con el que puedes jugar? Bajé la guardia por ti, y sólo por ti, y me traicionaste. Que te jodan, Josephine.

Josephine cerró los ojos como si estuviese a punto de llorar.

—Tienes muchas agallas viniendo aquí, a mi casa, para

pedirme que vuelva a aceptarte. Jesús, estás prometida con otro hombre.

—Lo sé, pero... —Las lágrimas empezaron a caer—. Cuando te vi con ella... supe que me había equivocado.

Puse los ojos en blanco.

—He estado con muchas mujeres desde lo nuestro, Josephine.

Se encogió como si la hubiese abofeteado.

—Deberías irte antes de que alguien descubra que estás aquí. —Me puse en pie sin mirarla—. Voy a decirlo del modo más respetuoso posible: sal de una puñetera vez de aquí y no vuelvas. No eres bienvenida.

Se levantó; las lágrimas caían ya libres.

—Sé que te hice daño, y lo siento. Sé que cometí un error...

Me quedé junto a la puerta para no abofetearla.

—No fue un puto error. Lo elegiste a él por encima de mí, simple y llanamente. Te importó más su fortuna y su poder que conformarte con el duque de Rothesay, que te amaba de verdad. Así que disfruta de tu matrimonio sin amor y sin pasión con un hombre que se follará a sus amantes cada vez que estés fuera del país.

Se limpió las lágrimas con el dorso de la mano y sorbió por la nariz.

—Crewe...

—Sal de una puta vez, o te arrastraré yo mismo. —Salí de allí. Tenía los hombros tensos y apretados. Me dieron ganas de darle un puñetazo a la piedra y ver como el castillo se derrumbaba. Deseé hacerle tanto daño a aquella mujer como ella me había hecho a mí.

Deseé romperla como ella me había roto a mí.

—No quiero que te pongas así. —Su voz sonó anegada de lágrimas a mi espalda—. No quiero que te enfades así.

—Pues qué pena. Cuando alguien traiciona mi confianza, no vuelve a recuperarla jamás. Ya no existe. —Continué andando, dirigiéndome a la puerta principal para poder deshacerme de ella para siempre—. Y no estaría tan enfadado si no tuviera que mirarte a la cara. —Llegué a la puerta y la abrí bruscamente—. Desaparece, Josephine. No vuelvas a dirigirme la palabra. Cuando nos encontremos, pretende no conocerme, porque yo haré ver que no conozco ni tu nombre. —La agarré del codo y la empujé para que cruzase el umbral antes de cerrar la puerta de un golpe.

En cuanto la madera solida estuvo entre los dos, respiré profundamente y controlé mi genio. Todavía tenía ganas de estampar los nudillos en algo. Mi cuerpo quería demoler los mismísimos cimientos del castillo. Quería salir y hacerle entender a Josephine lo mucho que me había arruinado.

Por fin me di la vuelta; necesitaba beber para no pensar más en aquel problema.

London estaba al pie de la escalinata, vestida con leggings y un jersey rosa. Tenía el pelo recogido en un moño y la cara sin pintar. Por un segundo, su belleza me hizo olvidar mi furia. Sus ojos esmeralda me hicieron olvidar mi dolor. Sus marcadas curvas, incluso bajo la ropa ancha, me hicieron pensar en nuestras noches juntos.

Pero la simpatía de sus ojos volvió a alimentar mi ira.

Me alejé de ella, negándome a hablar de la conversación de la que acababa de ser testigo. Me negaba a contestar las mil preguntas que le pasaban por la cabeza. Me negaba a responder ante nadie salvo a mí mismo.

Josephine ya me había convertido en un necio, y todo el mundo había sido testigo de ello. No confiaba en nadie, porque nadie era de fiar. Siempre iba un paso más allá que mis enemigos, decidido a hacer que los necios fuesen ellos. Mi corazón estaba muerto, junto con todos los demás que me importaban. Ahora lo único que quería era conseguir venganza por todo lo que me había pasado.

Y algún día la conseguiría.

20

LONDON

Crewe me evitó todo el día, escondiéndose en otra parte del castillo. No apareció para comer ni para hablar. No quería sexo conmigo.

Le di su espacio todo el tiempo que pude, pero mi curiosidad me estaba superando. Su relación con Josephine era mucho más seria de lo que me había supuesto, y debía de haberle hecho algo terrible a Crewe. Nunca lo había visto tan enfadado.

Jamás.

Lo busqué por el castillo, y al final lo encontré en la segunda salita del ala opuesta. Estaba sentado a solas, leyendo un libro mientras un puro se consumía en el cenicero, y tenía media botella de whisky al lado.

Entré de puntillas para que no me viera, pero cuando

estuve a cinco metros oyó mis pasos y levantó la vista del libro. Me observó con unos ojos más negros que el carbón. No había nada en su exterior que fuese cordial. Me amenazó con su silencio. Me ordenó que me marchase, o habría consecuencias.

—No he venido a hablar. —Me acerqué lentamente, deteniéndome junto a la silla que había cerca de la ventana.

Relajó los hombros un poco al oírlo.

Me coloqué entre sus rodillas y me subí a su regazo, dejando el libro a un lado para que tuviese sitio suficiente.

Cuando dejó caer el libro al suelo, supe que me aceptaba.

Me senté a horcajadas en sus caderas y subí las manos por su pecho, sintiendo el poderoso músculo que había debajo. Lo miré a los ojos, oscuros y sin rastro de la calidez a la que estaba acostumbrada. En aquel momento sólo veía a un hombre enfadado.

Quería saber cada detalle de lo que había pasado con su antigua amante, pero Crewe no me daría ninguna respuesta. Tendría que esperar a otro momento o descubrirlo yo misma. Pero si tenía alguna oportunidad de hacer que aquel hombre sintiese algo por mí, tenía que ser su confidente, no su interrogadora.

Ojeé el puro sobre la mesa y lo cogí del cenicero. Me lo llevé a los labios y le di una calada.

Sus labios formaron una sonrisa.

Inhalé el humo hasta que me llegó a los pulmones, pero entonces sentí como me convulsionaba el pecho a modo de protesta. Ladeé la cabeza y lo expulsé entre toses, sintiendo como me gritaban los pulmones.

Crewe rió entre dientes.

—Hace falta práctica.

Me bebí su whisky para aclararme la boca, y aunque el licor me quemó la garganta, no podía comprarse en nada al humo.

—Ni siquiera sabe bien. No lo entiendo.

—Te acostumbrarás. —Me cogió el puro de la mano y le dio una calada. Luego apartó la cabeza y exhaló, como un hombre de un anuncio de tabaco. Lo volvió a dejar en el cenicero—. Por fin me has encontrado, ¿eh?

—He tardado un rato, pero he seguido el rastro de puro y alcohol.

Rió otra vez.

—Supongo que te ha traído directamente hasta aquí.

—Sip. —Volví a frotarle el pecho, queriendo sentirme conectada a él.

Crewe echó la cabeza hacia atrás y me observó, repasándome las facciones con los ojos. No llegué a preguntar nada, pero él abordó mi curiosidad.

—No quiero hablar de ello, no te molestes en preguntar.

—No iba a preguntar. Te conozco.

Sus ojos no se suavizaron, pero su cuerpo se relajó.

Le masajeé los hombros, notando la tensión.

—¿Ahora qué?

—No entiendo tu pregunta, monada.

En cuanto usó mi apodo supe que ya estaba de mejor humor.

—¿Vamos a quedarnos aquí o volvemos a la isla Fair?

—Nos vamos a Italia —dijo sin más.

—¿Qué hay allí?

—Un amigo que vive en la Toscana. Crow Barsetti. Suele tener buena información que luego vendo.

—¿Te cobra por ella?

—No. Soy uno de sus mejores clientes.

—¿Qué vende? —Jamás llevaría la cuenta de todas esas cosas.

—Armas.

Seguramente de ahí sacaban los hombres de Crewe sus pistolas y munición, y eso sin mencionar las armas que el mismo Crewe usaba.

—Es un lugar precioso. Creo que te gustará.

—No he estado nunca, así que estoy segura de ello.

Le dio otra calada al puro y se levantó, llevándome con él. Me llevó hasta la pared y me apresó contra ésta. Se desabotonó el pantalón con una mano, sacándose el miembro antes de levantarme el vestido y apartar el tanga a un lado. Entró en mi interior con violencia.

—Oh, sí... —Usé sus hombros a modo de ancla para moverme de arriba abajo, engullendo su erección cuando me la entregaba. Era una sensación tan buena que ni siquiera tuve que exagerar; era mejor que cualquier otro hombre con el que hubiese estado. De hecho, hacía que los demás pareciesen niños.

Apoyó su boca contra mi oreja, exhalando aire cálido.

—Te voy a follar por el mundo entero, monada.

En lugar de sonar alarmante, me encantó.

—Hazlo, por favor.

No tenía mucho que guardar en las maletas, sólo mi ropa y algunas joyas. No tenía mucho a mi nombre. De hecho, ni siquiera contaba con mi propia libertad. Últimamente mi falta de independencia no había sido tan abrumadora, pero de todos modos pesaba sobre mí.

Crewe entró en la habitación, vestido con vaqueros negros y una camiseta negra. Sus brazos eran musculosos, perfectos para agarrarse a ellos, y tenía el culo prieto, como de costumbre.

—¿Lista, monada?

Miré mis dos maletas. Contenían todas mis posesiones.

—Sí. —Me senté a los pies de la cama y pegué las rodillas contra el pecho.

Crewe cogió una de sus maletas y se la entregó a Dunbar, que estaba al otro lado de la puerta. Me miró preocupado al volver a mi lado.

—¿Va todo bien?

—Sí, sólo estoy cansada. —Pensé en Joseph y en la última vez que lo había visto; había estado al borde de las lágrimas, y ya era decir, porque era uno de los hombres más machos que conocía. No solía mostrar emociones, si es que lo hacía alguna vez. Seguía preocupado por mí, con la esperanza de que pudiese conseguir lo que habíamos acordado.

Pero ahora que había presenciado la pelea de Crewe con Josephine, no creía que fuese posible.

Crewe estaba aislado del mundo por una razón. No confiaba en nadie por una razón. Tenía que ejercer su control y poder sobre todo por una razón. Había perdido más de lo que podía permitir, y la mujer a la que obviamente había querido lo había traicionado de alguna forma.

¿Cómo iba a dejarme entrar alguien herido tan

profundamente? Especialmente cuando no era más que una artimaña.

Crewe se sentó a mi lado y me miró.

—Sabes que puedes hablar conmigo, ¿verdad?

—Sí. Y tú conmigo.

—Es que parece que te molesta algo. —Nunca antes había preguntado por mis sentimientos; puede que estuviésemos progresando más de lo que creía.

—Supongo que echo de menos mi casa... y a mi hermano.

Su expresión no cambió; no mostró simpatía alguna.

—Echo de menos la humedad de Nueva York. Y la comida china grasienta.

—La Toscana es muy húmeda, pero no vas a encontrar comida china. —Me sonrió, intentando animarme.

—Seguro que la comida italiana será genial, así que todo irá bien. —Observé los aposentos reales una última vez, ligeramente entristecida por dejarlos atrás. Era un lugar realmente precioso. Contenía más historia que un libro de texto.

Crewe me dio una palmadita en el muslo antes de levantarse.

—Estaré esperando abajo hasta que estés lista. —Cogió mis maletas y se fue, reuniéndose con Dunbar en el pasillo.

Me quedé atrás y disfruté de la soledad, pensando en el

camino que tenía por delante. Necesitaba ponerme seria con mi misión, aprender todo lo que pudiese del hombre que me mantenía prisionera. Necesitaba aprender sus fortalezas y también sus debilidades.

Y necesitaba averiguar cómo conseguir que se enamorase de mí.

TAMBIÉN DE PENELOPE SKY

La historia de London continúa en *La reina del escocés*, ya disponible.

Pídela ya

MENSAJE DE HARTWICK PUBLISHING

Como los lectores de romántica insaciables que somos, nos encantan las buenas historias. Pero queremos novelas románticas originales que tengan algo especial, algo que recordemos incluso después de pasar la última página. Así es como cobró vida Hartwick Publishing. Prometemos traerte historias preciosas que sean distintas a cualquier otro libro del mercado y que ya tienen millones de seguidores.

Con sus escritoras superventas del New York Times, Hartwick Publishing es inigualable. Nuestro objetivo no son los autores ¡sino tú como lector!

¡Únete a Hartwick Publishing apuntándote a nuestra newsletter! Como forma de agradecimiento por unirte a nuestra familia, recibirás el primer volumen de la serie Obsidiana (*Obsidiana negra*) totalmente gratis en tu bandeja de entrada.

Por otra parte, asegúrate de seguirnos en Facebook para no perderte las próximas publicaciones de nuestras maravillosas novelas románticas.

- Hartwick Publishing

CPSIA information can be obtained
at www.ICGtesting.com
Printed in the USA
LVOW11s0258070518
576252LV00001B/33/P